MÉTODO PRÁTICO DA GUERRILHA

MARCELO FERRONI

Método prático da guerrilha

Companhia das Letras

Copyright © 2010 by Marcelo Ferroni

Grafia atualizada segundo o Acordo Ortográfico da Língua
Portuguesa de 1990, que entrou em vigor no Brasil em 2009.

Capa
Kiko Farkas e Thiago Lacaz/ Máquina Estúdio

Preparação
Silvia Massimini Felix

Revisão
Daniela Medeiros
Márcia Moura

Esta é uma obra de ficção, livremente inspirada em fatos históricos.

Dados Internacionais de Catalogação na Publicação (CIP)
(Câmara Brasileira do Livro, SP, Brasil)

Ferroni, Marcelo
    Método prático da guerrilha / Marcelo Ferroni. — São Paulo :
Companhia das Letras, 2010.

    ISBN 978-85-359-1748-2

    1. Ficção brasileira I. Título.

10-09268   CDD-869.93

    Índice para catálogo sistemático:
    1. Ficção : Literatura brasileira 869.93

[2010]
Todos os direitos desta edição reservados à
EDITORA SCHWARCZ LTDA.
Rua Bandeira Paulista 702 cj. 32
04532-002 — São Paulo — SP
Telefone (11) 3707-3500
Fax (11) 3707-3501
www.companhiadasletras.com.br

Este livro se baseia em diários, relatórios e depoimentos dos que foram à luta armada. Tirá-los do contexto foi trabalho do escritor.

a Martha

Pero la historia, la verdadera historia, sólo yo la conozco. Y es simple y cruel y verdadera y nos debería hacer reír, nos debería matar de la risa.

Roberto Bolaño,
Nocturno de Chile

Sorpresivamente, todos se habían vuelto escritores.

Edgardo Russo,
Guerra Conyugal

Prefácio

Aceitei escrever este prefácio a contragosto. Final de ano, eu passava o Natal com a família em Barretos, deitado numa rede em frente à piscina, levemente febril depois de sair pelas ruas num pequeno exercício: corri poucos quilômetros, sol alto, as pernas ficaram fracas. Ouvia empregadas arrumando os pratos na mesa do almoço quando recebi o telefonema. Era o assistente dos editores, talvez um estagiário, e quem mais seria, trabalhando naquele momento. Com reticências, passou-me o recado. Gostaram do manuscrito, disse, "havia coisas boas, grandes momentos de ação", mas queriam algumas alterações (e aqui talvez lesse de um papel), especialmente no início, "pois é preciso situar o leitor, que não conhece muito da vida de Che Guevara". Tinha também de ajustar, é claro, detalhes "no andamento da obra, na descrição dos combates, nas cenas de amor". Perguntei se isso era tudo, respondeu que sim e ficamos na linha em silêncio. Não sei o que eu disse ao me despedir. Bati o telefone, rondei a mesa arrumada, parei na frente da piscina com os braços cruzados. Mais tarde reclamei para a família do pouco caso com que me tratavam. Na editora não haviam entendido a importância do livro, era isso, e agora me obrigavam a lidar com subordinados. Comentei com minha tia que não mudaria uma linha, o romance era irretocável, eles que se virassem para publicá-lo.

Todos têm de saber quem foi Che Guevara e o que foi fazer na Bolívia. Mas vou dar uma chance aos dirigentes de união estudantil, modelos e ambientalistas, que posam à frente de pôsteres ou vestem estampas com seu rosto, mas o confundem frequentemente com Bob Marley. Ernesto Guevara nasceu em maio ou junho de 1928. Sobre esse ponto, infelizmente, os biógrafos divergem. Nasceu em Rosario, Argentina, mas cresceu em diferentes cidades, pois o pai, um tipo bonachão, de óculos grossos e cabelos bem penteados, era um empreendedor que rodou o país tendo ideias para negócios malsucedidos. Plantou mate, fabricou sabonetes, construiu botes de alumínio. Usou toda a fortuna da mulher e, nos instantes finais de um casamento ruinoso, a família de cinco filhos se apertava num quarto e sala em Buenos Aires. Celia, a mãe, foi uma das primeiras feministas da Argentina e transmitiu a Ernesto, o mais velho, o que um biógrafo chamou de "temperamento inquisitivo", além do antiperonismo e do amor por Neruda e Lorca. Quando criança, vemos o retrato de um menino sorridente, malha listrada e duas penas num cocar de cartolina, rodeado de caubóis. Seu gosto pela guerra surge desde cedo; assim como o tio Toby de *Tristram Shandy*, com nove anos construiu no jardim de casa "uma espécie de campo de batalha, com trincheiras e montes", para acompanhar os desdobramentos da Guerra Civil Espanhola. Desde cedo, também, aprendeu a conviver com a asma, que o atacou enquanto nadava com a mãe numa manhã ventosa (tinha então dois anos). A doença nunca mais o abandonaria. Aos catorze já havia lido Freud, Robert Frost, Alexandre Dumas e Júlio Verne. Cresceu, jogou rúgbi, ganhou dos amigos o apelido de *"chancho"*, ou porco, teve namorada aristocrática cujos pais o odiavam. Viajou pela América Latina numa motocicleta. Foi mal aluno, formou-se em medicina para salvar vidas e combater alergias, mas a verdade é que nunca a praticou. Com quase trinta anos e ainda viajando a esmo pelas Américas, casou-se no México com Hilda Gadea, mulher de temperamento forte ("marxista empedernida", segundo um biógrafo) e não muito atraente. Demorou para avisar a família sobre o matrimônio e sobre Hildita, a filha que teria meses mais tarde. Ainda no México conheceu Fidel Castro e, depois de cruzarem o mar do Caribe numa lancha de casco furado, os dois desembarcaram em Cuba para fazer a revolução. Fizeram-na. Che matou os primeiros homens. A experiência não deve ter sido ruim, pois em seguida assumiu a fortaleza de La Cabaña, onde executou de forma sumária inimigos do Estado. Transformado em comandante, abandonou Hilda Gadea, casou-se novamente, teve mais filhos, engordou. Cortou cana, num incentivo ao trabalho voluntário, assinou notas de peso como ministro da Economia, afundou a indústria açucareira, palestrou na sede das Nações Unidas, conheceu Sartre e Simone de Beauvoir. Muito se falou, nessa época, de sua semelhança com Cantinflas. Excursionou pela África, conclamou os governos de esquerda a lutar "contra todas as formas de exploração existentes no mundo". Constatou que poderia liderar um movimento de guerrilha no continente, apesar de Nasser, no Egito, tentar dissuadi-lo de "bancar o Tarzan entre negros". Em 1965, entrou clandestinamente no Congo, sem que Laurent Kabila soubesse de sua presença. Passaria os nove meses seguintes inerte, sem conseguir treinar as forças tribais ou controlar os ânimos dos 120 cubanos que trouxera consigo. Jogou xadrez, leu, aprendeu suaíli básico, escalou montanhas e, quando finalmente entrou em conflito com os mercenários belgas, não teve chances. Deprimido, refugiou-se primeiro na Tanzânia e depois na Tchecoslováquia, de onde partiria para mais uma aventura guerrilheira, desta vez na Bolívia. O ano era o de 1966. É desse período que trata o livro.

É uma obra de fôlego, fruto de pesquisa completa; se dei, aqui ou ali, um toque pessoal à narrativa, se usei de alguma liberdade nos diálogos ou se adicionei detalhes que me pareceram pertinentes, foi para melhor compor seu andamento. Acompanho a trajetória do comandante nesses últimos meses de sua vida e os desdobramentos que o levaram ao desfecho em La Higuera; conto sua história por meio de personagens decisivos, como Tania, a agente alemã infiltrada em La Paz, e João Batista, o único brasileiro da guerrilha. Entre as centenas de documentos, esmiúço, pela primeira vez, um relatório liberado há pouco tempo pelo Departamento de Estado norte-americano: o interrogatório ao brasileiro. Antes da divulgação desse material, pouco se sabia sobre ele; talvez se chamasse Paulo Freitas e teria participado de ações contra o regime militar no Brasil antes de se unir ao grupo de Che. Uma vez na guerrilha, morrera numa emboscada no final de setembro de 1967. Mas a história que vemos nesses papéis é bem diferente. Nosso "Zumbi de Palmares do século xx", como afirmou recentemente uma deputada de esquerda, teve um papel diverso do que se pensava até então. Ele se chamava Paulo Neumann, era estudante em São Paulo, filho de pequenos agricultores gaúchos e, no momento do interrogatório, tinha apenas 22 anos. Era inexperiente na luta armada e foi só por meio de uma manobra frágil, mas convincente, que se infiltrou nas operações cubanas em São Paulo e depois se uniu a Guevara. Sua relação com o argentino ainda é obscura; no início, o comandante o trata com desprezo, referindo-se a ele como *El Burgués*. Mas o comportamento se altera mais tarde; é inclusive possível que Che tenha sofrido com seu desaparecimento. Há uma única fotografia dele, num rolo de filme confiscado pelo Exército boliviano e só divulgado trinta anos mais tarde. A imagem, obtida provavelmente pelo próprio Che, está fora de foco, carcomida por fungos, mas nela vemos um jovem de barba rala e boné cobrindo os olhos, boca apertada. Está sentado num tronco, cercado por índios de chapéu-coco, rostos fora de foco. Na mão direita carrega um rifle, a coronha apoiada na coxa; no outro braço há uma criança em farrapos, cara preta de sujeira, mãos na boca. Ainda existem dúvidas se esse é mesmo Paulo Neumann; novos estudos devem resolver a questão. Neste livro, procurei mesclar seu depoimento aos eventos de 1966 e 1967, como um ponto de vista adicional ao desastre na Bolívia. O resultado é surpreendente, o leitor verá bem ao que me refiro; peço apenas que seja paciente e o leia até o final. Mas quero começar com o que ocorreu antes. Uma história de amor.

PARTE 1

1.

O agente de codinome Mercy é um homem prevenido. Nesse 5 de janeiro nublado e úmido, depois de um café da manhã frugal, porque o hotel El Incaico, no centro de La Paz, não oferece nada além de chá de coca, broas de milho e um queijo muito forte da região, ele atravessa o lobby de pasta na mão, acena para um táxi como se fosse a um encontro urgente (está na Bolívia, afinal, a negócios), mas desce a alguns quarteirões dali, onde, a seguir, toma um ônibus até uma área residencial. Debaixo de uma garoa comum nessa época do ano, planta-se em frente ao número 232 da rua Juan José Pérez, um casarão depredado de dois andares, cercado por um muro verde-musgo, portãozinho de ferro que deixa ver alguns vasos no pequeno pátio. Já conhece o local, esteve ali outras vezes: é uma pensão para moças, sabe que uma delas se chama Laura Gutiérrez Bauer. É quem procura; uma argentina de origem alemã que mora há cerca de dois anos na Bolívia. Tira do bolso do paletó uma foto 3x4 em branco e preto, onde se vê um rosto de mulher. Abriga-se sob um telhado, do outro lado da rua, espera que ela apareça. Olha diversas vezes o relógio de pulso, a fotografia, e sua atitude pode parecer suspeita a um pedestre mais atento. Ela finalmente abre o portão às 9h30. Usa uma bolsa vermelha de couro, casaco de chuva cinza escuro que esconde suas formas robustas; Mercy vê as canelas grossas, brancas, em sapatos fechados. Usa um lenço estampado no cabelo e desce a rua com passos rápidos, que forçam o agente a acelerar a marcha, sem no entanto se aproximar muito.

Mercy chegou a La Paz dois dias depois do Ano-novo de 1966 e ainda não se acostumou às enxaquecas e tonturas que o acometem; efeitos da altitude. A pasta que tem de carregar é pesada, mas necessária para seu disfarce de representante de uma firma mexicana de produtos de beleza. Dois dias antes, fez um detalhado reconhecimento da área ao redor da pensão e procurou a alemã nos locais que ela frequentava. Visitou o museu de folclore do Ministério da Educação, onde supostamente trabalhava. Não a avistou e, para não levantar suspeitas, comprou "por trinta pesos" um exemplar de *Diablada*, livreto mimeografado de cultura popular, "apesar de eu ter percebido depois que, para os bolivianos, as cópias eram distribuídas de graça", escreveria ele mais tarde, no primeiro relatório a Havana. Em seguida foi a um certo salão de beleza Martiza, apresentou-se como vendedor de cremes e loções, deixou um cartão, mas não a identificou entre as clientes. Passou também num curso de cerâmica que ela fazia duas vezes por semana, mas preferiu não entrar; o recinto era ocupado exclusivamente por mulheres e efeminados, e não tinha um álibi convincente. Como não a encontrava em lugar nenhum, chegou a desconfiar se realmente trazia a foto correta ou se o departamento de inteligência cometera outro de seus equívocos.

Agora, conforme a segue pelas ruas de La Paz, tem certeza de que é ela. Mas está desatento, deixou que se distanciasse e logo comete o primeiro deslize. A alemã, muito adiantada, salta entre poças no meio-fio e alcança um ônibus que deixava o ponto. Vendo que vai perdê-la, Mercy desce correndo o trecho que falta, desviando dos vendedores ambulantes, bate na lataria, acelera e se agarra à porta automática até que o motorista, vencido pela insistência, encosta novamente. Os passageiros o fitam quando sobe os degraus ofegante; inclusive Laura, sentada no corredor da quarta fileira. É ela, certamente. Tem pele muito clara, de tom cinzento, e sobrancelhas arqueadas sobre um nariz pronunciado.

Descem num bairro residencial, Mercy a segue até uma casa de muros altos, onde ela permanece por três horas. O agente saberá mais tarde que aquela é a residência de uma menina a quem ela dá aulas particulares de alemão. Dali ela caminha até o centro da cidade, almoça rapidamente em uma lanchonete, vê as vitrines de roupas femininas. Pega outro ônibus (ele desta vez a segue de táxi), desce nas cercanias da Universidade Técnica de La Paz. Anda sem pressa pela alameda de árvores mortas. Às três da tarde ela está na esquina do prédio de engenharia, onde cumprimenta um jovem miúdo, de feições indígenas, que não tira o sorriso dos lábios e acena que sim para tudo o que ela diz. Há também outro rapaz, aparentemente mais novo, que Mercy virá a descobrir ser o irmão dele. Segundo o dossiê que estudou antes da viagem à Bolívia, aquele jovem de sorriso permanente é Mario Martínez Álvarez, 22 anos, estudante de engenharia de minas. Tornou-se noivo de Laura em setembro do ano anterior, a incongruência não pode ser maior. A alemã é pelo menos três anos mais velha e viajou por toda a Europa antes de ir à Bolívia estudar folclore. Mariucho é um rapaz humilde, filho de um mineiro semianalfabeto de Oruro. Mas se encantou por essa mulher experiente e atlética, campeã de ginástica olímpica na adolescência, que toca acordeão e, quando não está com o instrumento entre os braços, adora dançar estalando os dedos "como as flamencas". Uma sequência de imagens, encontrada anos atrás por um biógrafo, a mostra assim, dedos torcidos para cima, xale nos ombros, sorriso de olhos fechados. Mariucho não contou do noivado ao pai, já disse mais de uma vez que pretende se rebelar depois de formado, recusa-se a voltar "àquele fim de mundo", como diz.

Mercy os segue de volta à pensão. "Passava das oito da noite quando se despediu de um dos jovens [o irmão] e saiu com o outro em direção ao cine Monte Campero. Jantei em um restaurante chinês e vi quando deixaram o cinema. Voltaram para casa, ela tomava a iniciativa da caminhada", escreve Mercy em seu relatório. Considera a jornada um sucesso; tudo parece tranquilo, pode seguir com as operações. Volta ao hotel.

Um dia mais tarde, decide telefonar de um aparelho público nos fundos de uma botica, numa praça afastada do hotel. "Estou procurando uma professora de alemão", diz ele. "*Como?*", responde a mulher que atendeu a ligação. Mercy repete: "professora, de alemão". Estática; ao fundo, pode ouvir que a mulher se afastou do fone e grita, chama alguém de nome Laura, grita de novo, pede que desça rapidamente, um "estrangeiro" quer falar, não sabe quem é, não disse como se chama nem cumprimentou. Mercy não comenta no relatório, mas está provavelmente nervoso e, enquanto espera na linha, se arrepende de não ter treinado com afinco o sotaque local. Queria passar-se por morador mas agora é anunciado como estrangeiro, espera não ter cometido outro descuido. Na linha, uma voz mais jovem pergunta quem fala.

— A senhora é professora de alemão? — tenta novamente o sotaque, que desta vez lhe soa muito musical.

— Sim.

— A *señorita* dá aulas de alemão para negócios?

A voz hesita e vem pausada. Diz que não, alemão para negócios é assunto que não aborda em suas lições. O homem pede desculpas pelo incômodo e desliga. Sai da cabine telefônica, paga ao proprietário quanto deve, deixa a botica com a missão da manhã cumprida: ela entendeu as senhas, utilizou as contrassenhas, em breve irão se encontrar. Porque Laura Gutiérrez Bauer, pesquisadora de folclore indígena e noiva de Mariucho, que se sustenta com aulas particulares e aluga um quarto simples de pensão, é, assim como Mercy, agente do regime cubano. Seu codinome, Tania.

É a primeira vez que Tania recebe a visita de um agente de Havana. Até então, enviava relatórios cifrados a Cuba, num radiotransmissor no fundo falso de uma maleta. Relatava a rotina de como aos poucos se infiltrava na sociedade boliviana. Chegou a La Paz em 18 de novembro de 1964, obrigada a se sustentar com uma verba mensal enviada pelo correio como se fosse dos pais, que mal dava para a moradia. Pisou num país em crise política, alguns dias depois do golpe de Estado que derrubou o então presidente Víctor Paz Estenssoro e levou ao poder o general René Barrientos, homem pequeno e enérgico. Tinha ordens de se infiltrar nas rodas mais influentes e assim o fez, meticulosamente. A primeira movimentação ocorreu numa exposição de artefatos indígenas, quando se deixou assediar por Moisés Chile Barrientos, artista plástico que se dizia primo do ditador. No mês em que passaram juntos, foi apresentada a Julia Elena Fortín, diretora do Comitê de Pesquisa Folclórica do Ministério da Educação, uma mulher de fortes traços masculinos, com quem, para ciúme de Moisés Barrientos, Tania conviveu discretamente por algumas semanas. Foi Julia Elena quem a indicou para um cargo não remunerado como arqueóloga de campo. "A pesquisa nessa área serviu como justificativa para suas viagens a diferentes partes da Bolívia, muitas vezes acompanhada pela diretora", escreve um biógrafo. "Fez também gravações de dúzias de cantos indígenas, que permitiriam a Tania desenvolver relações com intelectuais de destaque." Foi uma das fundadoras da Sociedade Boliviana de Cerâmica e, nesse período, tornou-se amante do renomado pintor Juan Ortega Leyton, que a apresentou à roda cultural de La Paz como uma jovem "especialista em folclore".

Ainda por meio de Julia Elena, conheceu Ricardo Arce, secretário da embaixada argentina, que, "encantado com uma conterrânea tão envolvida com a cultura regional", a levou ao sítio que tinha em Santa Cruz, onde passaram uma semana "conhecendo interessantes comunidades indígenas locais". Tania começou a frequentar suas recepções em La Paz e, num almoço à beira da piscina, teve a oportunidade de conversar com o próprio René Barrientos. Uma fotografia da época mostra os dois em animada discussão. Nesse período, a agente mudou-se para a pensão da rua Juan José Pérez, onde fez amizade com a proprietária, Alcira Dupley de Zamora. Segundo relatório enviado por Tania, Alcira a tratava "de forma maternal", e logo a agente tornou-se amiga íntima de sua filha, que trabalhava como secretária do Escritório de Planejamento do governo boliviano. Travou amizade também com professores universitários, jornalistas, empresários, diplomatas e, entre eles, uma ex-deputada da coalizão que sustentava o regime militar. Conseguiu acesso ao Departamento de Investigações Criminais e obteve informações sobre as estruturas de repressão recém-criadas na Bolívia.

Por meio de conhecidos, conseguiu oito alunos para quem dava aulas de alemão. Flertou com o editor de um jornal fantoche de extrema-direita, que lhe arrumou um certificado falso de trabalho. Aproximou-se do corrupto advogado Alfonso Vascope Méndez, líder do Partido Democrata Cristão, que pagou do próprio bolso 5 mil pesos de propina à Polícia Federal e, em meia hora, arrumou-lhe um certificado de boa conduta. Era o último documento que precisava para o visto permanente. Obteve-o em 20 de janeiro de 1965. Casando-se com Mariucho, teria a cidadania.

* * *

São 13h40 do dia 7 de janeiro. Mercy ainda tem alguns minutos, que ocupa sentado no balcão de um bar, onde o garçom lhe serve uma coca-cola sem gelo. Dez minutos depois, deixa o estabelecimento, atravessa um bulevar movimentado, entra numa rua lateral. Não tem pressa; cronometrou as distâncias até o casarão verde-musgo. Na frente da pensão, olha mais uma vez o relógio. São 13h55 quando Tania abre a portão de entrada. Usa o mesmo casaco de chuva de dois dias atrás, óculos escuros enormes, mas o lenço que envolve os cabelos é amarelo, sinal combinado de que podem se encontrar. A cor indica que não há perigo, ninguém os vigia. A alemã desce a rua, acompanhada à distância por Mercy. Ela segue um itinerário preestabelecido, combinado em transmissões anteriores a Havana, e pode ser abordada em quatro ou cinco pontos do trajeto. Para primeiro numa barraca na feira de Lanza e pede um leite batido; um grupo de crianças o impede de se aproximar. Mercy a segue por mais dois quarteirões, o pouco movimento das ruas o desencoraja nos três *checkpoints* seguintes.

Toma um táxi e volta a encontrá-la às 15h15 em frente ao cine Murillo. Mercy acompanha seus passos pela rua Liñares, toma uma paralela, avista-a no cruzamento das avenidas Landaeta e Ecuador. Ela desce uma via residencial de paralelepípedos e, dois quarteirões adiante, é finalmente abordada. O diálogo está registrado no relatório de Mercy, esse minucioso homem da burocracia cubana.

— A *señorita* poderia me informar onde fica o cine Bolívar?

— Na rua Simón.

— E isso é perto da rua Sucre?

— Depende por onde se vem.

Mercy sugere que entrem num café; ela conhece um ali

perto, caminham lado a lado. No relatório, ele comenta que a alemã "está pronta para desempenhar atividades que exijam força física e mental". É preciso decifrar as palavras do agente; nessa passagem, quer apenas dizer que é mais alta, possivelmente mais forte, que ele.

É uma mulher muito diferente daquela que, aos 23 anos, pisava em Cuba pela primeira vez. Era na época uma entusiasta da revolução, disposta a defendê-la de todas as formas. Nos poemas que chegaram até nós — a letra redonda em cadernos escolares —, falava de morte em terras estranhas e flores que fenecem. Escrevia frequentes cartas aos pais e é por meio delas que podemos acompanhar seus anos em Cuba. Trabalhava como tradutora no Ministério de Educação e era uma empenhada intérprete para as delegações da Alemanha Oriental. ("Estou há dois dias sem dormir; minhas colegas [...] não entendem como posso arrumar tanta energia para essas conferências.") Fazia parte da Banda Folclórica de Camagüey e tocava acordeão nos festivais de música patriótica.

Nascida em Buenos Aires, filha de comunistas alemães que fugiram do país durante a Segunda Guerra, desde cedo convivera com exilados políticos e aprendera a importância do trabalho clandestino. Sempre fora independente. Aos dezoito, deixara a terra natal para estudar na Alemanha Oriental. Cinco anos depois, estava de mudança para Cuba. "É o lugar onde as coisas estão acontecendo", escreveu aos pais.

No início de 1963, então com 25 anos, depois de passar por diferentes empregos em Havana, foi indicada por amigos a uma vaga no Ministério do Interior, o MININT. Passou uma semana fazendo testes de aptidão e, depois de aprovada, submeteu-se a uma bateria de interrogatórios. Seu passado foi escancarado. Saiu-se bem e em junho foi aceita pela Divisão G-2, o setor de inteligência do ministério. Demorou mais dois meses para ser chamada para os treinamentos, que se iniciaram em agosto do mesmo ano. Teve aulas teóricas com Ulises Estrada, diretor de operações especiais e braço direito de Guevara. Esse negro tímido, ex-guerrilheiro absorvido pelo serviço de escritório, viu-se logo envolvido pela mulher, que lhe pedia aulas particulares e "queria sempre aprender mais". "Nunca era o bastante", escreve ele em seu livro de memórias.

"Éramos muito amigos", continua Ulises. "Comecei a levar minhas duas filhas para visitar Tania. Vi que isso a deixava feliz: ela adorava crianças e me dizia que, um dia, gostaria de ter sua própria família." Aos poucos o cubano se abriu com a aluna, deu-lhe detalhes de sua vida pessoal. "Isso incluía as dificuldades que eu estava passando no casamento com a mãe de minhas filhas. Eu estava prestes a pedir o divórcio." Em segredo, passaram a se encontrar na praia deserta de Baracoa, a oeste de Havana, num bangalô do governo.

Mais de uma vez Tania rompeu o sigilo para contar aos pais do relacionamento. "Meu *negrito* é um típico cubano, muito amoroso", escreveu ela em uma das cartas. "Ele é muito revolucionário e quer se casar com uma mulher muito revolucionária. Vocês estariam de acordo?"

A relação com Ulises não durou. Quando ele finalmente tomou coragem e contou à mulher que havia outra, foi abandonado por Tania. Em maio de 1964, alistada na primeira missão, ela deixou Cuba. Com os cabelos tingidos de negro e o passaporte argentino com o nome de Laura Gutiérrez Bauer, viajou pela Europa, onde se deixou fotografar com namorados passageiros (beijada numa lambreta em Roma; sorrindo numa praça em Nice; protegendo-se do vento nos Alpes suíços) e assim construiu um passado que sustentaria na Bolívia. Ao chegar a La Paz, cruzando a fronteira com o Peru, sua transformação estava completa. Faltava apenas descobrir qual era, afinal, sua missão.

* * *

Ela e Mercy entram no café Reunión e se sentam nos fundos, numa mesa perto da cozinha. O primeiro assunto é trivial: Cuba reconhece os serviços prestados e, como recompensa, a aceita para o Partido Comunista. Tania agradece. Depois de pedirem as bebidas, Mercy passa ao segundo ponto: tem cartas de seus amigos e familiares, mas só pode mostrá-las em local seguro. Pergunta se a agente conhece algum quarto recluso, "onde possam ficar a sós", e assim que termina a frase podemos supor que um leve rubor estampe sua face. Tenta se corrigir, explica que precisam de um quarto, veja bem, apenas para negócios, é claro, e se cala. Tania, mexendo a colher na xícara de café, o encara com olhos esverdeados. Enquanto ele procura onde pousar os seus, pela primeira vez ela sorri, mostrando dentes pequeninos e afiados.

2.

Em seu livro, Ulises Estrada fala de um período especialmente difícil pelo qual passou no final de 1965. Não podia deixar a embaixada cubana em Dar es Salaam, na Tanzânia; sentado numa cadeira de ratã no mezanino superior, observando a rua ensolarada, tentava escrever uma carta. Rabiscou no alto da página a cidade e a data. "Querida", continuou, e se pôs a fitar a paisagem de novo, olhos comprimidos pela claridade. Não tinha previsão para voltar a Cuba, não sabia das operações da agente alemã e mal deixava o primeiro piso daquele sobrado. Se virasse o rosto para trás, podia ver, através da sala, um quarto sempre fechado. Para entrar, precisava bater e esperar, nem sempre vinha resposta. Guevara podia ficar horas imóvel, a mesma roupa de dias, deitado no catre, fitando talvez o teto, fumando o cachimbo. Mal falava. Quando Ulises entrava, via no pé da cama os Stendhal e Romain Rolland, únicos livros que conseguira comprar na cidade. Sabia que ele os lia e relia; eram sua distração enquanto não estava escrevendo o diário. Não podia abrir as janelas nem arejar o quarto; Guevara não permitia.

Tentou recomeçar a carta. "Querida Tania", escreveu. Evitando falar da melancolia do comandante, reclamou apenas do calor e da impossibilidade de fazer dos congoleses "guerrilheiros valentes". "Minha ideia da África era a do evidente atraso do continente, regimes coloniais. Muitos macacos. Selva. Zebras e elefantes, manadas. Muitas cobras. Não vi tantos leões quanto esperava", relatou, numa breve passagem pitoresca. Impossibilitado de declarar-se abertamente, escreveu, também, que gostaria de vê-la mais uma vez, se possível. Sublinhou a frase duas vezes.

No quarto, o comandante mantinha o silêncio. Não recebia visitas, não se exercitava nem tomava banho. Prostrara-se ainda mais ao saber, com meses de atraso, do câncer que matou a mãe. Quando se punha a trabalhar, tentava explicar no diário a série de erros que levaram à derrota no Congo. "A história de um fracasso", como chamava. Os congoleses recusavam-se a carregar peso, disparavam de olhos fechados; acreditavam na *dawa*, poção que os deixava invulneráveis. Alguns chegavam a usar vestidos, diziam que assim ficavam invisíveis às balas. Che, impedido de lutar contra mercenários belgas sem autorização dos chefes congoleses, obrigava seus homens a jogar xadrez (partidas às cegas, partidas com menos peças, partidas simultâneas) ou fumava vendo a chuva cair. Esses mesmos chefes, enquanto isso, divertiam-se com putas e cocaína em Brazzaville. Ulises acompanhara tudo de perto. Inclusive a fuga para a Tanzânia, numa lancha abarrotada de guerrilheiros na madrugada de 22 de novembro. Nos primeiros dias na embaixada, tentara convencer o comandante a voltar a Cuba, mas ele se recusava. Havia escrito uma carta, dizia, uma carta de adeus, agradecia ao povo cubano por tudo e abria mão de sua cidadania. A carta havia sido lida por Fidel Castro em cadeia nacional, Che não esperava por isso. Agora não podia voltar. Não depois de tal despedida.

* * *

Num domingo, Mercy e Tania se encontram nas regiões montanhosas de La Paz. Enquanto observam os passantes à distância, Mercy se apoia numa pedra e puxa a perna direita para si e, com dificuldade, desatarraxa o salto, revelando o esconderijo de onde retira papéis espremidos; cartas escritas a Tania pela família e amigos. Uma delas é de Ulises e traz o nome de um distante país africano. "Muitos macacos", lê ela com pouco interesse.

O agente cubano lhe dá também uma nova folha de códigos para se comunicar com Havana e pede que destrua a antiga. Ficam no parque até as quatro da tarde, falam de amenidades. Mercy quer passar mais momentos como esse. "Eu disse à referida agente que era de extrema importância que nos víssemos com frequência, para que eu lhe desse as instruções que ainda faltavam, e que ela deveria reservar ao menos três horas diárias para a supracitada tarefa", escreve num relatório. Volta a insistir, também, que se encontrem em local reservado. Tania diz que conseguiu uma casa emprestada de amiga, longe da cidade.

Encontram-se de novo na terça. Tomam um ônibus intermunicipal, sentam-se em corredores diferentes, como se fossem desconhecidos. Descem em Calacoto, só os dois no ponto vazio. O vilarejo é pequeno, algumas ruas de terra e casebres, ainda assim caminham com dois quarteirões de distância entre si, não querem ser vistos juntos. A casa da amiga fica numa estradinha cercada de capim alto e terrenos baldios. Ainda em construção, o chão é de cimento áspero, as janelas são apenas buracos, lâmpadas pendem dos fios. Têm de afastar latas, pincéis e rolos de uma mesa para a primeira reunião. Mercy quer lhe explicar a missão, não é muito prático, começa pelo plano geopolítico. A Argentina, diz ele, era o país nos planos de Che Guevara. Mas há sérios empecilhos políticos; lá, o Partido Comunista, liderado por Víctor Codovilla, é opositor do regime cubano. Além disso, os militares no poder foram implacáveis contra uma guerrilha anterior. Tania parece não entender; pergunta se a missão tem algo a ver com Guevara. "Sim", responde Mercy, "vamos ajudar a preparar o terreno para sua ação revolucionária. Você vai ajudar." O Peru, continua o agente, era uma boa possibilidade, mas seus movimentos revolucionários sofreram fortes baixas recentemente. Pensou-se também na Venezuela, mas o líder rebelde Teodoro Petkoff se recusa a dividir o poder com Che, alega que não há segurança suficiente para recebê-lo. Já a Bolívia faz fronteira com vários países e pode virar um foco guerrilheiro para toda a América Latina. O PC local é receptivo às orientações de Havana, e seu dirigente, Mario Monje, enviou inclusive membros da juventude comunista para treinamento militar em Cuba. É o país mais indicado para iniciar o que em sigilo chamam de Operação Fantasma.

"Tiramos vantagem do tempo que restava para que eu lhe passasse instruções sobre espionagem e contraespionagem. Também lhe transmiti a tarefa de montar três *checkpoints*", escreve Mercy, sem fornecer mais detalhes. "Combinamos de nos reencontrar dois dias depois naquele mesmo local."

Desta vez ele chega mais cedo, ronda a casa, afasta-se novamente, desce até uma rua principal e a espera, sentado nos fundos de um bar. Observa seus movimentos quando ela passa sem o ver. Mercy ainda aguarda uma hora e meia antes de seguir caminho. A porta da frente está trancada, ele entra pela janela sem batente. Tania dorme de bruços numa caminha no quarto dos fundos, cabelos negros escondem o rosto, coxas à mostra. No relatório desse dia, ele apenas comenta que "trabalhamos até quase as oito da noite, sob a luz de velas, pois os aposentos estavam sem energia elétrica". Não especifica, porém, o que fizeram o dia inteiro; se deixaram a casinha, se almoçaram. O que discutiram, ou se cumpriram algo do cronograma. Não fala também dos abraços naquele colchão magro, ou dele afoito em tirar-lhe a saia, sem encontrar os botões; as pernas leitosas de Tania envolvendo-o no piso áspero de concreto, entre as latas de tinta e esquadrias; a agente apoiada na pia sem água, vendo-o de esguelha, agarrado às suas costas.

Ficam os cinco dias seguintes sem se encontrar. Tania tem aulas particulares a cumprir e não podem mais usar a casa de Calacoto, que entrou novamente em obras. Mercy comenta apenas a "falta de segurança para utilizar o aparelho".

Nesse período, têm o primeiro problema. Tania precisa entregar seu passaporte ao serviço de naturalização, mas as digitais no documento não são as suas; sabe que será descoberta assim que o fizer. Mercy informa Havana dos contratempos, escreve que a agente "havia sido importunada recentemente pelo diretor do Departamento de Imigração, que insiste que ela ponha a papelada em ordem e volte a se encontrar a sós com ele, no que me parece um forte indício de que ambos tiveram relações íntimas em algum momento passado". A alemã, diz ele, "não tem como corrigir o problema, visto que as impressões do passaporte falso não batem com a carta provisória de residência". Enquanto não recebem orientações, resolvem deixar La Paz por alguns dias. "Sugeri que viajemos ao interior do país, pois dessa forma poderemos conduzir o treinamento para o qual fui designado e, ao mesmo tempo, a agente deixa de ser importunada."

Partem num ônibus dois dias depois, tentam se passar por desconhecidos mas, na primeira parada, Tania ocupa o assento vazio ao lado de Mercy. Descem primeiro em Copacabana, onde se hospedam com os nomes de sr. e sra. González. Visitam o lago Titicaca; Mercy se impressiona com as ilhas artificiais onde vivem os índios. Rumam ao sul e passam alguns dias visitando as igrejas de Cochabamba e Trinidad. Em Santa Cruz, hospedam-se como recém-casados, conhecem o forte de Samaipata, a missão de Chiquitos, o Parque Noel Kempff Mercado. Em sua última noite, recebem uma garrafa de espumante gelado, cortesia do estabelecimento. Mercy compra uma câmera, mas não sabe usá-la. A única foto que chegou até nós está fora de esquadro e mostra Tania de lenço na cabeça, pulôver, calças legging negras (os pés cortados), entre coqueiros e um campanário.

Esquecem, por momentos, que são agentes de Cuba. Ao tomarem refrescos na varanda de um café em Santa Cruz, Tania é interpelada "por um sujeito mais jovem" que diz conhecê-la de La Paz. Chama-se Julio, é jornalista do periódico de ultradireita que lhe deu o certificado falso de trabalho. Senta-se com eles e, segundo Mercy, "é um homem repelente, com goma nos cabelos e gravata frouxa; não tira os óculos escuros nem um minuto, raramente dirige a palavra a mim". Tania diz, rapidamente, que Mercy é seu primo; aproveitam uma brecha no trabalho para que ele conheça a Bolívia.

— Ahn... — diz Julio, debruçando-se sobre ela "de forma inapropriada", escreve Mercy.

À noite, sozinhos no quarto, têm a primeira discussão. "Disse a ela para não ficar se aproximando de conhecidos enquanto estivesse de serviço." Tania responde que só tentava manter o disfarce, não poderia fingir que não o conhecia. "Tive de lembrá-la diversas vezes que, mesmo que fosse preciso fazer certas coisas em nome das aparências, seu trabalho comigo vinha em primeiro lugar — antes de qualquer outra coisa."

Voltam a La Paz em 2 de fevereiro. A agente tem de reassumir suas tarefas e isso os obriga a se verem à noite, furtivamente, no hotel em que Mercy está hospedado. A agente é importunada mais uma vez pelo oficial de imigração. Precisa de um novo passaporte, com suas digitais verdadeiras. Mercy entra em contato com a inteligência cubana, aguarda instruções, que vêm dois dias depois. Terão de viajar novamente, desta vez ao exterior. Tirar impressões digitais, enviá-las secretamente a Havana e aguardar, com discrição, pelo novo documento. O destino lhes espanta pela distância, o Brasil, não conhecem o país, sabem dos riscos, não têm outra opção, Cuba opera no país uma pequena célula que pode fazer o trabalho.

Enquanto Mercy prepara a viagem, Tania leva Mariucho a um tabelião no centro da cidade, ele com terno alugado, ela num vestido emprestado pela dona da pensão. Casam-se sem maiores cerimônias, numa tarde de repartição lotada. Jantam num restaurante chinês universitário; estão começando a vida, têm pouco dinheiro para excessos. Mariucho fala em trabalhar à noite como garçom, talvez faça planos de lua de mel. Nessa noite de glória, dormem no quartinho alugado por ele. Dois dias depois, a alemã o avisa que parte em uma semana, pois recebeu uma "oferta irrecusável" de trabalho de um empresário mexicano, contratada para atuar como intérprete numa viagem de negócios a São Paulo e Rio de Janeiro. Diz que voltará dentro de três meses.

— Três meses?

Mariucho sabe que as praias no Brasil são ensolaradas; gostaria talvez de estar ao seu lado, ela bronzeada, os pés na areia fina e o mar azul-escuro. Tania parte numa manhã bem cedo, pega suas coisas na pensão e ruma sozinha ao aeroporto.

3.

Tania observa o mar cor de chumbo, uma das mãos no quadril largo, a outra no topo de um chapéu de palha que ameaça voar com o vento. O maiô azul-escuro contrasta com a pele cinzenta. Pisa na beira d'água, que passa gelada pelos pés; caminha depois pela areia, para novamente, olha para trás e diz algo. O ruído das ondas impede que Mercy, sentado no limite da areia, a ouça. Não quer caminhar com ela; quer apenas que voltem antes da chuva.

Chegaram ao litoral paulista na noite anterior: era perto de meia-noite quando finalmente entraram na casa que haviam alugado na praia de Itararé, entre Santos e São Vicente. Mercy depôs as malas no chão da cozinha, esperou que o ronco do carro sumisse. Permaneceu algum tempo atento aos ruídos da estrada de terra, só um cachorro latia. Fechou a janela, cortando o resquício de brisa que vinha de fora; Tania, que tinha entrado por último, estava jogada num sofá úmido, folheava revistas espalhadas numa mesa de centro. Levantou-se em seguida, disse que queria ver o mar, podia ouvir as ondas dali. Brigaram. Mercy achava que era tarde para "cenas", hora de se acalmar. "Disse a ela que não aguentava mais seu comportamento inadequado, toda a viagem de carro sorridente e conversadeira com o motorista, que não tirava os olhos dela, e que toda essa simpatia de mulher fácil punha a missão em risco." Tania respondeu que apenas desempenhava um papel. "Pois eu lhe disse que devia ter se calado, que agia sempre com excesso de informações e gentilezas, não parava de sorrir para o motorista enquanto descíamos a serra", escreveria ele.

Agora, sentado na praia, vê que Tania se cansou de caminhar pela orla e se aproxima. Não sorri, segura o chapéu contra o vento, diz algo como "tenho fome" e se afasta. Voltam calados pela rua, passam num mercado para comprar mantimentos e se trancam na casa até o dia seguinte. O relatório de Mercy é cheio de afazeres, mas é difícil acreditar no que diz. "Tínhamos o que comer e não queríamos perder tempo. Assim, trabalhamos a tarde inteira e, em seguida, montamos o programa para os dias seguintes: das 8h às 10h, despistamento e perseguição; das 10h às 12h, técnicas de escrita invisível e com carbono. Das 12h às 13h30, exercícios físicos, com ênfase em caminhada e corrida. Almoço de meia hora e, até as 17h, métodos práticos de obtenção de informações e checagem de dados; das 17h às 20h, contrainteligência e seus métodos de aplicação. Por fim, jantar e, à noite, recapitulação do que foi visto durante o dia. Recolhimento à meia-noite." O sexo que fazem se estende provavelmente por todos os cômodos: na cama de casal; no sofá, sobre revistas mofadas; em cima da mesa de operações; na pia; e, como Mercy não sabe nadar, entre as marolas da água mais rasa.

Não há mais referências ao motorista. Não foi citado pelo nome, mas sabemos que essa é a primeira menção a João Batista, ou Paulo Neumann, o brasileiro que se infiltrou nas operações cubanas durante a passagem deles pelo país.

* * *

Mercy chegou sozinho a São Paulo em 16 de fevereiro de 1966, dessa vez como representante de uma fábrica mexicana de autopeças. Sua primeira missão, pasta preta na mão direita, foi fazer uma visita à agência de viagens República, na região central da cidade. Ali, encontrou-se com uma mulher de codinome Maria, que marcou passagens e hotel para Tania. Mercy e Maria tiveram dois ou três encontros; o cubano a descreve apenas como "uma mulher solícita". Tinha 28 anos, era solteira e hoje sabemos que seu nome verdadeiro era Verônica Neumann. Mudara-se do Rio Grande do Sul para São Paulo por motivo de estudos, recebia uma verba mensal dos pais para aluguel e alimentação, morava num apartamento de dois quartos com o irmão mais novo, Paulo.

Maria havia passado um período de treinamento em Cuba e, na época da visita de Mercy, fazia parte da chamada célula M3, composta por jovens brasileiros alinhados a Leonel Brizola, que respondiam diretamente ao serviço de inteligência cubano. Hoje se sabe que o político sulista acobertava as missões no país e, em troca, o governo de Havana fornecia armas e treinamento a militantes de seu partido. O acordo, firmado durante o Congresso do Partido Comunista Uruguaio em agosto de 1965, em Montevidéu, onde Brizola vivia exilado, fazia parte de uma estratégia maior, que incluía a criação de dois focos guerrilheiros no Brasil (em Mato Grosso e na serra do Caparaó, entre Minas Gerais e Espírito Santo) e o intercâmbio com outros grupos revolucionários na América Latina.

Foi Maria quem apresentou o irmão a Mercy; sugeriu que ele trabalhasse como motorista enquanto estivessem em São Paulo. O encontro dos dois só foi comprovado recentemente, com a divulgação do interrogatório a João Batista. Instado a contar como se envolveu inicialmente com os cubanos, ele afirma que viu

Mercy pela primeira vez na agência de viagens. "Não nos cumprimentamos, mas voltamos a nos encontrar depois, quando minha irmã pediu que eu os guiasse pela cidade", diz ele. "[Minha irmã e eu] éramos muito próximos e, mesmo que suas operações fossem secretas, Verônica me contava tudo. Todo o funcionamento da célula. Por isso eu sabia. Ela confiava em mim, e eu sabia."

Em 26 de fevereiro de 1966, João Batista os esperava em frente ao Hotel Handais, no centro de São Paulo. Mercy e Tania atravessaram as portas de vidro discutindo "como se fossem um casal", lembra-se o brasileiro. Como motorista, levou-os primeiro a uma imobiliária. Mercy queria sair da cidade, tinha visto no jornal o anúncio de uma casa de veraneio, dois quartos, praia de Itararé, valores de baixa temporada. Como Havana ordenava que sumissem por uns dias enquanto o novo passaporte não ficava pronto, concluiu que o melhor seria passar o tempo no litoral, disfarçados de marido e mulher. João Batista recorda que o agente vivia preocupado. "Tinha medo de ser parado pela polícia, de parecer suspeito, pediu várias vezes que eu confirmasse se os documentos do carro estavam em dia." Já Tania, segundo ele, "passava longos momentos quieta e tinha um olhar penetrante, que obrigava qualquer um a fazer o que ela quisesse". Depois da imobiliária, foram a uma loja de departamentos, pois, segundo Mercy, "precisávamos comprar roupas adequadas, de turistas". Enquanto Tania rascunhava uma lista de compras, perguntou a João Batista o que ele achava das praias brasileiras.

— Ah, são lindas.

— Mas tenho certeza de que não se comparam às cubanas.

O casal discutiu novamente na seção de moda feminina. Tania separou alguns biquínis, Mercy achou que eram cavados demais ou muito coloridos. A alemã fingiu não se importar; deixou-o falando sozinho, passou por João Batista, que os seguia de perto, e sumiu nos provadores. Quando voltou, Mercy a esperava.

39

Bateram boca em voz baixa, curvados entre as araras. Minutos depois, discutiram sobre as estampas das saias que ela retirava dos cabides. "Procure coisa melhor, você precisa se vestir como uma mulher respeitável." Tania ergueu a voz para dizer que escolhia pelo preço, precisavam economizar, e aquela postura pequeno-burguesa não iria levá-lo a lugar nenhum. Mercy deixou a seção feminina, mas, segundo João Batista, voltou em minutos, pronto para discutir outra vez. No relatório, o cubano faz um longo discurso sobre a parcimônia da agente no momento das compras. "Preciso informar que Tania talvez seja muito econômica e quase tive de forçá-la a comprar roupas de melhor qualidade. Todas as vezes em que adquiriu vestimentas novas, o fez a pedido meu, mas sempre tentava comprar as mais baratas e simples", escreve ele. "Eu costumava provocá-la, dizendo 'você não é econômica, você é pão-dura. Trate de gastar seu dinheiro em roupas apresentáveis; elas não só vão durar mais, mas você também ficará mais bonita com elas'."

Almoçaram numa lanchonete perto dali e, no momento de acertar a conta, Mercy foi ao banheiro. Ao voltar à mesa, Tania reclamou em voz alta, disse que ele poupava seus dólares para "fazer bonito com os chefes", enquanto ela, que tinha economizado bravamente em La Paz e "passado privações", era obrigada a pagar as despesas. O agente pediu que não gritasse tanto, estavam em local público. Tania riu como se o desafiasse, atirou o dinheiro na mesa e se retirou. "Por todo o resto do dia não se falaram mais. Tania puxava assunto comigo, às vezes roçava de leve meu braço e sorria, como se Mercy não estivesse lá", diz o brasileiro.

Na viagem ao litoral, dias depois, João Batista parecia mais desinibido e falava mesmo sob o olhar do cubano, braços cruzados no banco de trás, rosto severo revelado com o brilho de cada farol. A alemã usava um conjunto listrado de azul e branco, âncora estampada no peito (ia, afinal, à praia), e, na noite abafada, mantinha o cotovelo apoiado na janela aberta, os cabelos sacudiam e se enroscavam, ela às vezes os ajeitava para trás e no instante seguinte chicoteavam no vento. Talvez para conquistá-la, enquanto desciam a serra o brasileiro inventou que era membro da célula e tinha treinado em Cuba, dando detalhes das marchas forçadas e da pouca comida, dos bons amigos que fez, dos ataques simulados, quando na verdade só repetia o que a irmã tinha contado assim que voltara da ilha — ela sim, uma combatente. É uma bravata com desdobramentos profundos, que o levará à guerrilha na Bolívia. Perto da meia-noite estavam em Itararé. Quando se despediram, na porta da casa, Tania segurou sua mão com força, passou os dedos pelo seu braço. Mercy, vendo aquilo, entrou com as malas sem se despedir. Ela ainda sorriu antes de sumir na cozinha. "Vejam bem", dirá João Batista aos interrogadores, "naquele momento, tudo parecia natural; pensei que por um instante ela tivesse algum interesse em mim."

Tania acorda em mais um dia nublado. De manhã, voltam a caminhar pela areia sob nuvens carregadas, falam-se pouco, fazem compras no mercado. Mercy insiste em que voltem logo para casa. Ela pergunta quanto tempo deverão ficar ali, apesar de saber que o brasileiro só deve buscá-los em questão de semanas. Mercy completa relatórios, inventa o que farão ao longo do dia, tem pressa de terminar. Ela cai no sofá, folheia as mesmas revistas e com enfado as atira de lado. Comenta que precisam de novas.

4.

Estão há quinze dias na praia e Tania sente falta do acordeão. Salva-se de uma crise mais séria quando recebem instruções de Havana. Mercy deve voltar a Cuba dentro de dois dias e ela, assim que tiver o novo passaporte, segue viagem a Praga, onde se encontrará com o agente Ariel para novas determinações. Mercy sabe quem é Ariel; um funcionário ambicioso, que subiu velozmente nos escalões da inteligência cubana. No Leste Europeu, a alemã será avaliada antes de seguir para a Bolívia. Mercy tem certeza de que Ariel irá descobrir que o treinamento foi uma farsa. Nesses dias, não fizeram quase nada; não saíram de casa, foram à cidade apenas uma vez, depois de não suportarem três dias seguidos de chuva. O agente observa, no canto do sofá, um livrinho inchado de umidade que comprou na ocasião, numa banca de revistas: na capa, uma mulher insinuante, espiã de múltiplos disfarces. Diz, com as mãos na cintura, que precisam recuperar o tempo perdido. Apesar das aulas teóricas em Cuba, Tania sente dificuldades em instalar um radiotransmissor numa antena de TV; não sabe muito bem como abrir um cofre nem domina a técnica de cifras e tinta invisível. Engordou alguns quilos, dorme mais do que devia. O cubano escreve que "usamos esse último dia para recapitular as lições e não desperdiçamos um minuto sequer".

João Batista aparece para buscá-los na hora do almoço; estão adormecidos na sala, papéis espalhados pela mesa, pelo chão. Cochilam também no carro durante a viagem. No dia seguinte, o brasileiro e a irmã passam no Hotel Handais para levá-los ao aeroporto. Maria entrega a Tania o passaporte e um bilhete para Roma. De lá, ela segue para Viena e pega um trem a Praga. O itinerário de Mercy inclui Montevidéu, Cidade do Panamá, Caracas e, finalmente, Havana.

Sozinhos no saguão do aeroporto, os agentes tomam um último café e Tania compra para o cubano "seu doce favorito" (não sabemos qual, infelizmente). Segundo seu relatório, a despedida é emocional. Ela está nervosa com o novo passaporte, ao que tudo indica há erros de grafia nos carimbos de imigração, e Mercy tenta acalmá-la. Ao ouvirem o anúncio do voo a Montevidéu, caminham até o setor de embarque. Abraçam-se, Tania diz que ainda se encontrarão, quando a causa for vitoriosa. "Com os olhos cheios de lágrimas, ela sussurrou no meu ouvido, na frente de todos: 'Sou muito agradecida pelo que você me ensinou e por ter suportado minhas alterações de humor. Aprendi muito com você'. E, sem soltar minha mão, ainda me disse 'pátria ou morte'." Antes de passar pela Polícia Federal, Mercy vira mais uma vez, quer localizá-la entre as pessoas que se despedem no saguão; não a encontra mais.

Encontramos Tania novamente no final de abril de 1966, numa pequena propriedade nos arredores de Praga. Nos dias anteriores, reuniu-se com o agente Ariel e passou por interrogatórios de até onze horas seguidas, em que relatou em detalhes suas movimentações pela Bolívia e pelo Brasil. Muitas dessas transcrições vieram recentemente à tona e nelas podemos ver uma agente desembaraçada, que ri para o microfone e responde às perguntas sem hesitar. Parece surpreendente que em nenhum momento seja repreendida pelo agente cubano. Biógrafos afirmam que ela o teria seduzido, assim como fez com tantos outros, e que essas fitas nada mais são do que discursos ensaiados para convencer o governo de Havana; mas não há indícios que comprovem essa versão. Nas fitas, Tania se mostra uma mulher dedicada à missão e é possível supor que, mesmo com o treinamento deficiente de Mercy, tenha assimilado as tarefas. Para Ulises Estrada, que pouco escreveu sobre o período, Ariel achou-a uma "combatente madura, forjada nas lutas revolucionárias", que possuía "a doçura que toda mulher pode oferecer quando se entrega totalmente a uma causa".

Não sabemos, ainda hoje, o que fez e por onde passou a agente alemã, afora sua permanência, por alguns dias, no sítio de Praga. Era uma propriedade com três casas de madeira de calefação intermitente, rodeada por uma floresta de pinheiros e pouco visível da estrada. Tinha sido cedida alguns anos antes pelo regime soviético e, como estava desocupada, Havana a propôs a Guevara como um sítio seguro para articular a operação na Bolívia. Informalmente, o local era chamado pelos cubanos de "chalé suíço"; comentava-se que suas paredes eram perfuradas por tantas escutas que se pareciam com fatias de gruyère. Um dignitário cubano em visita ao local relatou mais tarde que as conversas importantes aconteciam sempre do lado de fora, "caminhando na neve e com um frio dos diabos". Tampouco podemos dizer se Tania e Guevara se encontraram nesse refúgio, apesar de biógrafos insistirem que sim, que ali mantiveram um caso de amor, interrompido apenas pela visita de Aleida March, sua esposa, que passou uma semana na Tchecoslováquia para ajudá-lo a superar a melancolia que ainda o acometia.

Há uma evidência que reforça o adultério. Ao deixar Dar es Salaam, Che estava acompanhado de Ulises Estrada, seu secretário inseparável. Nos primeiros dias em Praga Ulises fez compras, recebeu visitantes, organizou o dia a dia na propriedade. Quando Guevara sofreu uma intoxicação ao usar medicamentos soviéticos antiasmáticos com prazo de validade vencidos, Ulises foi o único que não o abandonou por um só instante. Foi ele também que o forçou a retomar as primeiras caminhadas através do bosque gelado. A dedicação não lhe serviu de nada. Assim que Che melhorou, decidiu despachá-lo a Cuba. Em seu livro, Ulises escreve que "minha aparência, particularmente minha pele escura e meu cabelo, chamava a atenção dos tchecos, fossem eles empregados ou fregueses de restaurantes onde às vezes comíamos". Mas a presença de outros negros na propriedade, entre eles Pombo, guarda-costas de Che, invalida sua desculpa. Ulises e Guevara passaram muito tempo juntos e é provável que o comandante soubesse da relação dele com Tania. Sem o subalterno, o caminho ficava desimpedido. "Eu estava ameaçando a presença clandestina do Che em Praga e ele decidiu, no final de março, me enviar de volta a Havana."

Nos primeiros dias de abril, Guevara encontrou-se com Manuel Piñero, dirigente do serviço de inteligência cubano, que lhe transmitiu relatórios sobre o andamento da Operação Fantasma. Recebeu também a visita dos médicos pessoais de Fidel Castro, que lhe receitaram boa alimentação e exercícios ("está prostrado, dormindo mais de doze horas por dia e comendo pouco", escreveram num primeiro boletim a Havana). Seus homens mais próximos, que haviam lutado ao seu lado no Congo, também circularam pela propriedade. "O fato é que todas essas visitas, manobras e promessas começaram a montar o cenário da expedição de Che à Bolívia. Todos — Aleida, Fidel Castro, Manuel Piñero, os auxiliares tradicionais de Che, seus amigos, Tania — se empenharam em forjar uma alternativa à operação na Argentina e convencê-lo de sua conveniência", escreve um biógrafo.

Quando Che por fim se decide, é como se ninguém nunca tivesse lhe dito nada. Anuncia que teve uma ideia por conta própria: escolheu a Bolívia como foco inicial da revolução; irá depois espalhar a guerrilha nos outros países. A partir de então, os eventos tomam rumo próprio. Ao visitá-lo pela segunda vez, Manuel Piñero lhe garante que irá coordenar pessoalmente a operação. Mas Piñero é um homem ocupado, com ações na América Central, Europa, África. Tudo o que faz é reenviar Mercy ao Brasil, com a missão de receber os futuros combatentes e facilitar sua ida à Bolívia. Piñero ordena a impressão de documentos falsificados, para que os homens de Che viajem até São Paulo e, dali, a Santa Cruz, mas não interfere diretamente nas movimentações nem cede mais agentes à operação. Suspeita-se, hoje, que Piñero não aprovava totalmente a forma como a missão era conduzida e procurava não se envolver; não queria ser responsabilizado em caso de catástrofe (e elas se acumulam neste romance).

Mercy viaja como empresário do setor hoteleiro. Ao chegar a São Paulo, é informado que será assistente de Papi, braço direito de Guevara. Em seu primeiro relatório, reclama a Havana. Não se entende com aquele cubano de não mais de trinta anos, falante, com gosto por óculos escuros, casacos de couro, camisas de seda. Que não tem pendor à luta armada, nem paciência para os serviços de inteligência. Papi, por sua vez, ao escrever a Guevara em Praga, diz que Mercy é "um sujeito inseguro e nervoso [...]. Não consegue fazer nada sozinho, nem controlar o dinheiro". Ordena ao agente que encontre um sítio nos arredores de

São Paulo para receber os guerrilheiros, e Mercy, que não se desloca sozinho, recruta João Batista para acompanhá-lo. Visitam São Bernardo, Santo André, Piraporinha, Franco da Rocha, Suzano. Sempre que precisa conversar com caseiros ou proprietários, Mercy fica retraído; tem medo de ser identificado pelo sotaque. Assim, gradualmente, o brasileiro assume a procura pelo imóvel; discute com corretores, negocia preços.

Na primeira reunião que ele e a irmã têm com Papi, conquistam sua confiança. Segundo o brasileiro, o emissário de Guevara era "um rapaz rechonchudo e de pés pequenos", que "parecia mais interessado em olhar minha irmã do que discutir a operação". Durante todo o primeiro encontro, "desautorizava Mercy, como se lidasse com um incompetente". Nenhuma das opções de imóvel é aprovada por Papi. Mercy e João Batista voltam a campo, mas o cubano se sente pressionado, por vezes é rude e, em relatório a Havana, volta a questionar a liderança de Papi. "Ele se perde em filigranas, gastando tempo e dinheiro." Decide que irá resolver a questão por conta própria e, contra a recomendação de João Batista, dá entrada no aluguel de uma pequena propriedade em Arujá. Papi obriga o negócio a ser desfeito. Mercy diz que nunca foi tratado assim, ameaça abandonar a operação, batem boca. Uma semana depois, o agente recebe uma mensagem breve do Ministério do Interior ordenando que regresse a Cuba. "Papi me deu um voto de confiança", diz João Batista. "Acho que demorei uma semana, uma semana e meia, para encontrar um sítio em Mogi que parecesse seguro."

Em seguida Papi parte para Santa Cruz, depois para La Paz, disfarçado como vendedor de defensivos agrícolas. Estabelece contato com antigos conhecidos da ala jovem do Partido Comunista boliviano, entre eles os irmãos Inti e Coco Peredo, de uma família tradicional do Alto Beni, e os irmãos Humberto e Jorge Vázquez-Viaña, filhos de um cientista político de esquerda, opositor do governo. Papi também encontra Jorge Saldaña, funcionário de segundo escalão do partido, homem barbado e de cabelos compridos, trinta e poucos anos, o nome mais forte para assumir a nascente rede urbana de apoio à guerrilha. Os encontros são, aparentemente, um sucesso. Os jovens bolivianos, com exceção de Saldaña, haviam estudado dois meses em Cuba, onde tiveram aulas de ciência política e guerrilha. Estão prontos para o trabalho.

Os cinco são oficialmente recrutados por Papi em abril de 1966, sem que os dirigentes do partido boliviano saibam do que se passa. O sigilo é ordem de Guevara. Desde a derrocada no Congo, onde chefes alcoolizados exigiam aprovar as operações e arruinavam o elemento surpresa, o argentino decidiu que, para conduzir uma guerrilha, não podia sofrer interferências locais. Para ele, mesmo que nunca os tivesse conhecido pessoalmente, os comunistas bolivianos eram preguiçosos. "Serei o chefe de mim mesmo", disse em Praga a membros do MININT.

É provável, no entanto, que Mario Monje, líder do partido, tenha recebido desde o início notícias sobre a movimentação de Papi. Seu informante, o próprio Jorge Saldaña, temia que as operações cubanas não dessem em nada e queria manter uma boa relação com Monje. O dirigente não recebe um painel detalhado das operações (Saldaña, afinal, sabe apenas de parte do que ocorre), mas desconfia, acertadamente, que os cubanos planejam algo sério, do qual "não querem que tomemos parte". Esbraveja ao descobrir que jovens de seu partido foram cooptados pelo emissário cubano e os ameaça de expulsão. Mesmo assim, não consegue conter a fuga de seus quadros.

Em maio, Papi envia Jorge Vázquez-Viaña e os irmãos Peredo para uma temporada de dois meses em Cuba, onde treinarão para a guerra de guerrilhas. Humberto, o mais velho dos Vázquez-Viaña, permanece em La Paz para alistar outros membros da ala jovem do PC. Saldaña assume a organização da rede urbana e, para dirigir as finanças, seleciona Loyola Guzmán, garota miúda de 24 anos, estudante de filosofia na Universidade Mayor de San Andrés. Saldaña era amigo de seu pai, um descendente de índios aimarás que lecionava teoria econômica na Universidade de La Paz antes de ser cassado por Barrientos. Loyola, no entanto, nunca tinha lidado com números.

Papi e os membros da recém-criada rede urbana alugam duas casas em La Paz para receber os guerrilheiros. Monje é mais uma vez informado por Saldaña e, preocupado com a rapidez dos acontecimentos, redige uma missiva na qual exige explicações a Havana. Poucas semanas depois, recebe a ligação de ninguém menos que Fidel Castro. O teor da conversa entre os dois, até hoje negada por Havana, faz parte do livro de memórias que Monje escreveria décadas mais tarde. O dirigente cubano afirma que sim, planejam algo na Bolívia, mas apenas como país de passagem para "um amigo, que quer voltar ao seu país".

Os cubanos, no entanto, continuam a chegar. Pacho, outro homem de confiança de Che Guevara, deixa o sítio em Praga e, depois de um longo itinerário, aparece em La Paz no final do mês. Em junho, Manuel Piñero envia ao país, como último gesto de boa vontade, o agente Renán, com o intuito de estabelecer um sistema de comunicação entre a rede urbana, o futuro foco guerrilheiro e Havana. Em julho, jovens cubanos escolhidos por Che, a maioria com batismo de fogo em Sierra Maestra e no Congo, começam a chegar à Bolívia. São rapazes magros e de braços compridos, que parecem mais universitários que combatentes formados.

Pombo e Tuma, dois guarda-costas próximos do comandante, estão nessa primeira leva. Com passaportes equatorianos, deixam Praga na manhã de 14 de julho, num trem com destino a Frankfurt. Chamam a atenção pela cor da pele (Tuma é mulato e Pombo, negro) e por falarem apenas o castelhano com forte sotaque cubano. Ao atravessar a Tchecoslováquia, têm problemas com seus vistos, válidos para viagens de avião, não de trem. Na Alemanha, passam alguma apreensão durante o jantar num modesto restaurante italiano em frente à estação, quando um dominicano na mesa ao lado, tendo bebido muito vinho, puxa conversa e, vendo que não lhe dão atenção, insiste que, com aquele sotaque, só podem ser cubanos.

— Porra! Mas vocês estão mentindo a nacionalidade! É por isso que não querem falar comigo? — grita ele de uma mesa a outra. — Só falta o passaporte ser falsificado!

E para o garçom:

— Não sirva esses cafajestes! São comunistas se passando por peruanos.

— Equatorianos — responde Pombo, fitando o prato, consciente dos vizinhos que os observam.

Dias depois, devem embarcar num voo da Lufthansa rumo a Zurique. Voltam a ficar nervosos quando tomam o ônibus errado para o aeroporto e vão parar numa região rural, onde camponesas os fitam com assombro, nunca viram negros antes. "Nosso alemão era básico e tínhamos o dinheiro contado para pegar um táxi dali", escreve Pombo em seu diário. De Zurique, seguem para Dakar, Rio de Janeiro e São Paulo, onde João Batista os espera para levá-los ao sítio em Mogi. O brasileiro se lembra vagamente da passagem deles. "Na maior parte do tempo ficavam na cama, totalmente vestidos, olhando para o teto. Dormiam por tardes inteiras. Gostavam de ver novela", dirá ele. "Desconfiavam de tudo e me pediam porco com arroz e feijão, pois os fazia se lembrar de Cuba. Mas naquele tempo eu só sabia fazer ovos mexidos com presunto e queijo, que eles comiam em grandes quantidades."

Perdem alguns dias até obter o visto boliviano e, em 21 de julho, uma sexta-feira, voltam ao aeroporto para pegar um voo da Cruzeiro do Sul com destino a Santa Cruz. Têm novo susto quando a mochila de Pombo é escolhida para revista da Polícia Federal.

— São livros, *señor* guarda.

"O policial me olhou de forma desconfiada e chamou outro agente. Pediu que minha mala fosse totalmente vasculhada, dizendo que eu era um crioulo querendo fazer bonito", escreve Pombo. A mochila está, de fato, carregada de manuais de engenharia agrícola; o volume dos livros é a melhor forma de encobrir o peso de uma pistola Browning com carregador extra e 20 mil dólares escondidos no fundo falso.

Acreditam que irão pousar em Santa Cruz mas acabam parando em Corumbá, Mato Grosso. Em terra, são informados de que os voos a Santa Cruz só saem na segunda. "Era muito estranho, pois sabíamos que os demais companheiros tinham voado à Bolívia sem fazer escala", escreve Pombo, em vez de assumir que compraram a passagem errada. "Exigimos que a companhia aérea nos pagasse hotel e refeições, mas ela se recusou." Podemos entender as dificuldades por que passa. Tinha apenas 26 anos, cresceu no interior de Cuba, casou-se ainda cedo no vilarejo e teve três filhos. É tomado por ansiedade em viagens internacionais, desconhece línguas estrangeiras, transpira, as mãos tremem por conta da arma escondida na mochila. Para agravar a situação, Tuma, seu *compañero*, é reconhecidamente lento de raciocínio e já teria sido descartado da guerrilha se não fosse tão cego de obediência a Guevara ("meu cão de guarda", diz o comandante). No diário, Pombo lembra-se da viagem ao Congo. Sua memória talvez apague as agruras no campo de batalha, obscureça as vozes dos negros insubordinados, que atiravam de olhos fechados. O que vem à tona é apenas a aventura de partir para a África e a facilidade de viajar ao lado de outros dezesseis combatentes, disfarçados de estudantes de engenharia, todos com o mesmo terno e gravata, rindo nos quartos em que se hospedavam, temerosos de ser questionados pela imigração e deixar transparecer que não sabiam a diferença entre uma chave de fenda e uma chave de boca. Ali em Corumbá, as coisas são diferentes, Pombo sente apenas apreensão enquanto vaga indeciso pelo saguão do aeroporto e Tuma o segue como sombra. São chamados por alguns passageiros que também estão retidos, malas entre as pernas, discutindo o que fazer. Se Pombo buscava alguma excitação na viagem, talvez a encontre numa menina boliviana de não mais de dezoito anos, pele escura, cabelos negros presos numa trança, sentada sobre a mala. Chora, diz que precisa voltar para casa, é consolada por duas freiras brasileiras de meia-idade. Pombo, muito tímido, se aproxima da menina, mas não lhe diz nada. Nessa noite, escreve no diário: "Encontramos uma jovem boliviana chamada Sara Polo (ela é muito linda)".

Além deles, há um alemão representante de uma empresa de altos-fornos, calado de terno fechado, e um casal de brasileiros com a filha de cinco anos. O marido, segundo o diário de Pombo, se chama Mario Euclides Cardona, é comerciante e "trata de averiguar se somos contrabandistas". Decidem se alojar juntos no Grand Hotel. O brasileiro batiza o grupo de "confraternidad latinoamericana" e, no primeiro e último jantar que fazem juntos, num rodízio de carnes, preocupa-se além da conta com a pequena Sara Polo, sentando-se ao seu lado, pagando seu guaraná, "pois seus pais a esperavam fazia quatro dias e estava muito coitadinha". A menina sorri, deixa entrever dentinhos escurecidos enquanto morde o canudo, a esposa se embebeda na outra ponta da mesa e Pombo talvez perceba que nunca teve chance com a garota boliviana. Os desdobramentos entre ela e Cardona não devem ser os melhores pois, no dia seguinte, o cubano escreve apenas que "nos convidam à missa, mas decidimos ir ao cinema".

Em 25 de julho, chegam finalmente a Santa Cruz, onde Papi os espera para a viagem de carro até La Paz. Abraçam-se, trocam palmadinhas nas costas, Papi faz uma piada que Tuma não entende, mas todos riem; são amigos desde Sierra Maestra. Ao pegarem a estrada, Pombo lhe passa algumas instruções enviadas por Che. Entre elas, informa que Tania em nenhum momento deve participar da organização da rede urbana, "pois seus contatos eram muito importantes e só seriam usados mais tarde". Papi, ao volante, procura dizer de forma casual que "não, tarde demais, *compa*, a alemã já se envolveu".

— Como?

— Veja bem, não foi culpa minha, mas ela queria fazer algo e eu não sabia dessas recomendações... enfim, ela cuidou de algumas *coisas*.

Papi a procurou assim que pôde; é o que sabemos. Pediu sua ajuda para montar um esquema de manutenção das casas, sem falar, em nenhum momento, que as ordens não partiam de Che. Tania, que havia acabado de voltar ao país, deu-lhe apoio, mas desde o início a relação entre os dois não foi fácil. Papi, entre conhecidos, a chamava de "aquela potranca", abria as mãos num gesto largo para mostrar o tamanho das ancas. Deu a entender, mais de uma vez, que a alemã "era fácil", mas, se nunca tirou proveito disso, era somente porque não queria colocar a missão em risco. Já Tania, em relatório a Havana, reclama que Papi a visitava "em horários inoportunos, pondo a descoberto meu disfarce" e que, em diversas ocasiões, "tentou se aproximar de mim de forma suspeita, forçando abraços que eu claramente recusei". Recebido e arquivado pela Divisão G-2 do Ministério do Interior, é pouco provável que tal documento tenha em algum momento caído nas mãos de Guevara.

A primeira missão de Pombo e Tuma na Bolívia é ajudar Papi a costurar alianças para a guerrilha. Che transmitiu a ordem de "falar superficialmente de nosso projeto e procurar saber o que as diferentes facções pensam disso". Os três rapazes marcam primeiro um encontro com Mario Monje, onde falam de "uma ampla operação guerrilheira", começando pela Bolívia. Monje escuta em silêncio, depois promete arregimentar vinte jovens para serem treinados em Cuba, "mas precisa de outros detalhes operacionais". Os três não sabem que ele anda preocupado com tanta movimentação; não sabem, também, que Fidel lhe disse que estão "apenas de passagem". Reafirmam, portanto, que vieram para montar uma guerrilha, derrubar o governo, espalhar a revolução pela América.

Em 29 de julho, se encontram com Juan Pablo Chang Navarro, o Chino, dirigente do Exército de Liberação Nacional do Peru, grupo que ganhou alguma notoriedade ao se envolver num confuso processo de contrabando de armas interceptado pelo governo peruano. Míope com cara achatada, Mao Tsé-tung dos trópicos, está vivendo provisoriamente em La Paz. Fugiu do Peru acompanhado de Eustaquio, seu braço direito, que faz as vezes de motorista, cozinheiro e mordomo. Os rapazes pedem apoio para a guerrilha, mas Chino quer montar sua própria revolução e se recusa a participar de qualquer movimento que tenha Mario Monje entre os aliados. "Prefere morrer a colaborar com aquele fascista", escreve Pombo. Após uma conversa circular até as duas da madrugada, os cubanos concluem ter chegado a algum lugar. Pombo escreve que "ele compreendeu perfeitamente as coisas" e teria se disposto a ajudar com homens e armamentos. Na verdade, Chino está insatisfeito com a escolha da Bolívia como foco inicial e quer apenas ganhar tempo para obter dos cubanos ajuda para seus próprios fins.

No dia seguinte, visitam Moisés Guevara, um índio carrancudo que comanda um sindicato comunista pró-chinês dos mineradores em Oruro. "Propusemos a ele que se unisse ao comando guerrilheiro que estamos organizando, com a ideia de formar uma frente unida na luta contra o imperialismo na Bolívia", indica Pombo. Moisés Guevara pergunta quem mais estaria envolvido; adianta que não se alia com Mario Monje nem com Chino, "aquele rufião". "Falou que ambos defendem apenas seus interesses e jogam na surdina." Dá a entender, também, que só negocia apoio em troca de dinheiro.

Os rapazes falam de suas reuniões a Jorge Saldaña, que as descreve a Monje. O dirigente os convida a jantar em sua casa na noite de 8 de agosto. Procura saber do que trataram nos últimos dias, com quem conversaram. Como os três não ouviram nada de bom a seu respeito, mantêm-se calados, mudam de assunto. "Papi destacou a necessidade de que Monje enviasse alguns homens além dos vinte que já havia prometido."

— Quais vinte? — pergunta Monje.

— Os vinte, que você havia prometido que...

— Prometido? Não me recordo de nada disso.

O dirigente boliviano comenta, também, que seu partido vê restrições à luta armada e, nos últimos anos, adotou uma postura de não agressão, "bem ao estilo de Gandhi". Pegar em armas naquele momento pode prejudicá-los nas próximas eleições. Indica que tem pensado em ordenar aos membros da ala jovem do PC que deixem de trabalhar com os cubanos, "porque a gente não sabe mais onde isso vai parar". Se quiserem ajuda, que falem com Chino, com Moisés Guevara. Monje lhes diz claramente que ali não farão nada sem sua ajuda, os rapazes mal respondem. O jantar se encerra, segundo Pombo, "no pior ambiente". Quando deixam sua casa, ainda estão atordoados com o quanto ele sabe. Monje, por seu lado, talvez pense que não será assim tão difícil acompanhar o que Cuba trama. Mas está equivocado, e só perceberá isso algumas semanas depois.

5.

Às duas da tarde num domingo de setembro, Mario Monje fecha o portãozinho da casa da mãe, na periferia de Cochabamba; pede ao motorista que o leve ao diretório regional do PC, tem coisas a resolver antes de voltar a La Paz. Comeu muito frango com milho e o calor das janelas fechadas do Toyota faz com que caia rapidamente num cochilo.

Desperta quinze minutos depois, quando o jipe para de sacudir ao passar à rua asfaltada do centro da cidade. Contará mais tarde que estava perdido em pensamentos sobre pendências do dia a dia, via desatento o movimento da Plaza de Armas, que margeavam naquele momento. E bem poderia ter perdido aquele estrangeiro de vista, não fosse o lenço amarelo amarrado no pescoço, que chamava a atenção a quarteirões de distância.

Ao vê-lo, Monje endireita-se no assento, apoia as mãos no batente do vidro, pede que o motorista dê mais uma volta na praça. Talvez julgue que a sonolência tenha lhe confundido a visão.

— Passe bem devagar... *putamadre* da puta que o pariu... passe bem devagar...

Ele conhece o francês sentado entre as mesas na frente de uma lanchonete, de camisa e bermuda cáqui, que lê um jornal com as pernas brancas cruzadas. Tem botas de montanhista, óculos escuros, cabelos cor de palha armados numa onda para a direita, como quem acabou de acordar. É um sociólogo e ativista que gosta de ser chamado de Danton. Conheceram-se dois anos antes, no Primeiro Congresso das Américas, organizado pelo PC boliviano em La Paz. Danton era o único representante da Liga da Juventude Camponesa Maoísta Francesa, um grupo radical fundado em Paris por ele e outros intelectuais de esquerda. Era uma figura patética que insistia em dar sua opinião sobre qualquer tema e exigia que entendessem seu francês entremeado de uma ou outra palavra em espanhol. Deveria participar de uma mesa sobre "as fronteiras do socialismo mundial" e, ao lhe passarem o microfone, ergueu-se e fez um discurso exaltado, lendo de folhas que tirara do bolso, e afirmou, entre aplausos e gritos, que os membros do PC boliviano não passavam de "fantoches a serviço do imperialismo soviético" e Monje, o dirigente, de um "ladino do altiplano". Foi também o principal opositor do documento final, que acusou, acertadamente, de ter sido preparado por Monje e seus assessores antes mesmo do início dos debates e de "não refletir os interesses daquele congresso".

Um ano mais tarde, Danton deixou a liga maoísta e passou a escrever ensaios sobre a revolução cubana. Seu primeiro livro, *Revolução na revolução*, teve prefácio de Fidel e foi lançado em Havana. Danton foi recebido como chefe de Estado e estabeleceu laços com Raúl Castro e Che Guevara. Monje tem uma cópia do livro, leu o prefácio. Se o francês está na Bolívia, dirá ele a conhecidos, é porque participa de alguma missão a pedido de Cuba. O motorista pergunta se deve passar mais uma vez pela praça, Monje responde que não, já viu o suficiente.

* * *

Danton foi realmente enviado por Cuba, mas não a pedido de Che. O argentino o havia visto apenas "uma dúzia de vezes, se não menos" e discordava de algumas de suas teses levantadas em *Revolução na revolução*. A escolha de Danton partiu de Manuel Piñero e foi endossada pelo próprio Fidel Castro. Ambos consideravam o sociólogo francês um homem "de forte bagagem cultural, com muitos contatos" e "conhecedor dos problemas e características da América Latina"; era a pessoa indicada para viajar pela Bolívia e identificar as melhores áreas para instaurar a guerrilha. Piñero sugeriu isso a Fidel depois de receber os primeiros relatórios de Renán, seu homem em La Paz. Eram informes preocupantes. Indicavam, claramente, que os emissários de Guevara não estavam preparados para "costurar alianças", muito menos para "escolher o ponto de partida da guerrilha", e que fatalmente "colocariam toda a operação em risco".

Guevara só é avisado da missão de Danton semanas mais tarde, quando volta anonimamente a Havana e se encontra com os dirigentes cubanos uma última vez antes de partir à Bolívia. Se soubesse antes, talvez tivesse se oposto. "Confiava no trabalho de seus emissários e, a Piñero, sugeriu que Danton não conhecia o país o suficiente para dar qualquer sugestão", escreve um biógrafo. O francês, no entanto, continua sua missão na Bolívia, apesar de nunca cruzar com os rapazes de Che. Enquanto ele está em Cochabamba "levantando material", como dirá mais tarde (voltará a Cuba com uma mala de papéis inúteis), os três cubanos percorrem a região de Oruro, onde tiram rolos de fotos, visitam propriedades à venda e levantam suspeitas. E, enquanto viajam ao Alto Beni, no meio da selva amazônica, Danton está por sua vez em Oruro, onde se encontra com Oscar Zamora, antigo conhecido, que controla um partido ilegal de maoístas indígenas e é inimigo tanto de Monje quanto do sindicalista Moisés Guevara.

Os três cubanos só sabem que há outra pessoa com a mesma missão por meio de Monje, que, numa reunião em 23 de setembro, reclama, segundo Pombo, "que temos feito contato com grupos separatistas e que ele não está de acordo com isso, muito menos com a presença de um certo francês no país, que desconhecemos". Pombo tenta explicar, inutilmente, que não sabem de nenhuma outra missão. Pedirá instruções a Havana, mas o serviço de inteligência permanece em silêncio.

No final do mês, estão entre duas opções. A primeira é claramente a mais promissora: fica em Alto Beni, a nordeste de Santa Cruz, uma região dominada pela floresta amazônica, exuberante em fauna e flora, irrigada por rios de água potável. É pouco habitada, de difícil acesso e as copas das árvores encobrem qualquer movimentação no solo. A presença do exército é tênue.

A segunda é montanhosa e árida. Possui um rio principal de águas barrentas com pequenos afluentes, muitos deles sazonais. São filetes de água que escoam entre muralhas de difícil escalada, e o solo, rico em calcário, favorece o crescimento de arbustos retorcidos, espinhentos. Os animais são raros e de pequeno porte. A fazenda que encontram à venda, bom preço, próxima ao rio Ñancahuazú, está cercada a leste pela serra de Pirirendas e a oeste pela de Incaguasi, regiões de trilhas íngremes, pouca água. Ao norte, a propriedade faz divisa com a fazenda de Iripití, desabitada, e, ao sul, "com a fazenda El Pincal, de Ciro Algarañaz, que se dedica à criação de porcos", escreve Papi, no relatório enviado a Che. Uma viagem de Santa Cruz até ali, "com estradas desimpedidas", leva cerca de doze horas.

Danton está provavelmente em Santa Cruz, não terminou ainda seu levantamento, quando Monje, em La Paz, se reúne com Jorge Saldaña e os três cubanos. Sua influência, pelo que indica o relatório de Papi, é fundamental para que vejam a fazenda de Ñancahuazú como a melhor opção para a guerrilha. "Foi só falar do isolamento a que estariam sujeitos no Alto Beni que os meninos se apavoraram", contará Monje mais tarde, em conversa reservada com membros do partido. "Em nenhum momento pareceram se preocupar com a falta de recursos naturais em Ñancahuazú." Incidentalmente, é também o local mais próximo da fronteira com a Argentina e Monje os quer longe de seu país.

A versão de Papi para Guevara é bem diferente. O tom do relatório nos leva a crer que a escolha partiu unicamente dos cubanos, com fundamental ajuda "deste que redige o presente documento". Papi lista vantagens, como "a presença de boa madeira" e a "facilidade de deslocamento pelas vias de acesso, quando secas", ressalta a proximidade da região aos "trabalhadores da terra, [...] engajados em questões políticas", mas se esquece de que é na província de Oruro, no outro extremo do país, que se concentram os mineradores e os sindicatos. Lá, no entanto, não encontraram nenhum terreno que os interessasse. Papi informa que "precisam agir rápido", pois o proprietário, Remberto Villa, lhes informou que há um outro comprador interessado e que não pode segurar o preço por muito tempo.

Em 2 de outubro, Pombo escreve no diário que Saldaña foi ao Ñancahuazú para fechar o negócio, "conforme o ordenado". Mas as decisões nunca passaram pelo governo cubano. Manuel Piñero ainda hoje afirma que não teve acesso ao relatório de Papi, encaminhado diretamente a Guevara, e que só muito tempo depois veio a saber da compra do sítio. E o informe de Danton, finalizado tardiamente, nunca chegará às mãos do argentino. "A burocracia nos venceu", dirá o francês mais tarde.

Dias depois da aquisição da fazenda, Papi volta a Cuba para falar com Che sobre os avanços na missão. Pombo e Tuma vão a São Paulo acertar os detalhes da passagem dos outros guerrilheiros pela cidade. Nesse início de mês, vemos João Batista como coordenador do sítio em Mogi; os cubanos não averiguaram seus antecedentes. Não lhe perguntam nem mesmo se conhecia os fundamentos da clandestinidade. "O que eu fazia nesse período?", dirá ele aos interrogadores. "Continuava minhas aulas de história." E prossegue:

— Passava no sítio uma ou duas vezes por semana, para dar uma limpada nos aposentos, pagar o caseiro, mas a leva de guerrilheiros nunca chegava.

— E conversava com os emissários cubanos?

— Não. Nunca tentaram saber do meu passado; achavam que tudo já havia sido conferido em Havana.

6.

João Batista não fez nada digno de nota antes de entrar e desaparecer na guerrilha. Em maio de 2004, quando o Departamento de Estado norte-americano disponibilizou o interrogatório do brasileiro e, portanto, gênese deste romance, o jornal *Zero Hora* escalou um jornalista recém-saído dos programas de treinamento para que fosse até Caxias do Sul e tentasse uma entrevista com os pais de Paulo Neumann. O jovem repórter conseguiu pouco; descobriu, ao bater na porta daquela casinha de madeira e chão de cimento queimado, que a sra. Bertha Neumann, com 81 anos e problemas de catarata, viúva havia doze anos, ainda sofria com o desaparecimento de seus dois filhos, quase quarenta anos antes, e que toda aquela badalação apenas servia para expor mais suas dores. Ouvia mal, falava um português difícil, entremeado pelo alemão da terra natal. Por vezes, parecia se esquecer o motivo daquela visita e, na sala, mostrou entusiasmada três porta-retratos de quando era jovem. Sorridente, grinalda e buquê nas mãos, dedicatória de 1942; ao lado do marido, ainda na Alemanha; roupas brancas e quepe de enfermeira, com uma braçadeira nazista e a mão direita estendida para o alto. "Aqueles selvagens", disse, referindo-se provavelmente aos russos, que "destruíram sua cidadezinha natal". Uma sobrinha de cinquenta anos, quieta até então, propôs que caminhassem até a varanda, talvez para impedir que a tia falasse mais do passado. Levou ao repórter uma xícara de café e, por insistência da sra. Neumann, biscoitinhos envelhecidos que guardava "para as visitas". A sobrinha permaneceu calada pelo resto da entrevista, olhar enfezado de braços cruzados, mas, assim que a velha dormitou sobre a bengala, ergueu o rosto e afirmou que, apesar de ter convivido ainda muito jovem com os irmãos Neumann, lembrava-se de que sempre foram "atenciosos, queriam o bem das pessoas". Os vizinhos que se aglomeravam na frente da casa eram da mesma opinião. Uma mulher disse lembrar que o pequeno Paulo era um "excelente aluno, me ajudava com as matérias mais difíceis". Outros rememoraram casos parecidos. Um senhor acrescentou que, desde cedo, aquele menino "era especial; insistia em dividir até a merenda com os coleguinhas mais pobres". Quando pareceu faltar novidade, outro recordou que era muito bondoso com os animais e pretendia seguir a carreira de médico, "para curar os males do mundo". "Como o Che?", perguntou o repórter. "Exatamente." Satisfeito, o jornalista voltou a Porto Alegre com o bloco preenchido de garranchos e, na edição daquele domingo, seu editor estampou na coluna à esquerda, no alto da primeira página, sob a palavra EXCLUSIVO e título de três linhas, "A infância do brasileiro que lutou com Che". Ao lado, a célebre foto de João Batista empunhando um rifle, outra clássica do rosto de Guevara e, no canto inferior, uma imagem menor de uma criança de topete e sorriso, ao lado de um globo terrestre, bracinhos apoiados na mesa escolar. Foi fornecida por dona Bertha e, apesar das promessas daquele repórter, nunca mais devolvida.

Em São Paulo, os dois principais jornais não precisaram se

esforçar para encontrar algo sobre o rapaz. Um certo Eusébio Cardoso, suposto colega de classe e amigo de Paulo Neumann, se apresentou a ambos, disposto a dar esclarecimentos sobre "o brasileiro na guerrilha", e a ambos respondeu praticamente às mesmas perguntas, formuladas por jornalistas escalados ao acaso, que pouco sabiam da história: sim, Paulo Neumann, ou João Batista, "era um idealista". Nos dois anos em que cursou história na Pontifícia Universidade Católica, não se sobressaiu em nenhuma disciplina, "lia pouco", mas "estava sempre atento às movimentações estudantis, dizia que o país só se ajeitaria à base da força". Era também "muito bem-apessoado" e "tinha facilidade incrível com as garotas".

O relatório do Departamento de Estado, que nenhum desses jornalistas certamente leu, esclarece mais alguns pontos sobre o brasileiro; em São Paulo, ele e a irmã recebiam mesada dos pais, então é de esperar que não precisassem trabalhar para o sustento. Mas estudavam pouco, já que Verônica dedicava seu tempo à Agência de Viagens República e Paulo praticamente abandonou a faculdade, cursando apenas duas disciplinas, para cuidar do sítio em Mogi. No interrogatório, sua postura inicial é desafiadora, pelo menos até apanhar de um coronel boliviano ("eu quero aqui um representante brasileiro", é seguramente a frase que lhe garante um soco na têmpora). Até aquele momento, o jovem se mostrava autoconfiante e talvez não acreditasse que seguia para a ruína. Isso fica claro numa das primeiras perguntas feitas pelos inquiridores. "Mas por que você decidiu se unir à guerrilha?" Responde que seguirá Che aonde for, que luta pela derrota do capitalismo. Depois de apanhar e de perceber que talvez não saia dali com vida, precisa responder de novo à mesma questão. Estamos ainda no primeiro dia do interrogatório:

— Mas por que se unir à guerrilha?

— Uma coisa levou a outra — responde finalmente, uma

afirmação aparentemente simples, mas que revela mais acerca de João Batista do que as reportagens feitas sobre ele. Uma coisa levou a outra e esse jovem idealista, quando deu por si, estava numa sala fechada, num hospital militar, sendo interrogado por dois renegados cubanos a serviço da CIA.

7.

O sol começa a se pôr no horizonte, um disco alaranjado atrás dos *mogotes* cobertos de mata em Viñales, Cuba, onde fica a propriedade de San Andrés — uma casa de construção modernista, com larga fachada de vidro e marquise que avança pela piscina natural, abastecida por um riacho logo acima. Antes da revolução castrista, dizem que pertencia ao diretor do escritório da CIA no país, um homem brutal. Pois hoje há vidros quebrados, o canal que desvia o riacho está entupido e a piscina, coberta de folhas e água da chuva.

Os homens, sentados em círculo no terraço, terminam de tomar a sobremesa de um banquete montado para celebrar o fim do período de treinamento. Não sabem ainda para qual missão foram escalados nem quem será seu comandante. Raspam as taças de sorvete de morango, quatro galões comprados por Orlando Borrego, 28 anos, ministro do Açúcar. Filho de camponeses, alistou-se no Exército Revolucionário em 1959, nos últimos meses antes da vitória, e atuou como ajudante de ordens de Camilo Cienfuegos e Che Guevara. Não participou diretamente das batalhas, mas foi um dos primeiros a entrar em Havana. Assumiu o ministério em substituição ao próprio Che, que deixou o cargo antes que lhe imputassem o desastre das últimas colheitas.

Observam o que resta nos galões sobre a mesa, ainda é muito, mas não ousam avançar sobre o sorvete que derrete. Lambem as colheres, olham para os lados, à espera de alguém que se encha de coragem. O primeiro que tentou se saiu mal; foi o próprio Borrego, o comprador de sorvetes, humilhado mais uma vez na frente de todos. Meses antes, apesar das súplicas, foi rejeitado na escolha dos quadros para esta missão. Entre os alistados, corre o boato de que seus superiores, Che inclusive, o consideram covarde. É no momento do disparo que cada um mostra seu valor, diz o comandante, antes disso há apenas palavras, e Borrego, cochicham eles, não passou pela prova. Pode vir a ser um bom burocrata, mas nunca um combatente. Pois o rapaz levantou-se sorrindo com a taça vazia, colher em punho. Antes de enfiá-la na massa mole, foi desautorizado por um senhor careca e barrigudo, sentado numa cadeira de canto. Tem óculos de armação grossa, cabelos ao redor da cabeça como um frade grisalho, olhos esverdeados. Usa um terno cinza claro e botas de cano curto. Aos homens, foi apresentado como Adolfo Mena González, economista uruguaio a serviço da Organização dos Estados Americanos. "Ei, Borrego, você não está indo para a Bolívia. Por que não deixa o sorvete para os outros?", e o jovem cubano abaixou a colher enquanto os demais riam. "Agora só falta chorar", completou o uruguaio, e foi o que Borrego fez, enquanto voltava ao seu lugar. Enxugou os olhos e não abriu mais a boca. As risadas diminuíram, os homens passaram a cochichar entre si. Afinal, aquele desconhecido acabava de lhes dizer que iriam à Bolívia.

O senhor careca circulou pelas mesas durante o almoço, observando os escolhidos como se fossem motivo de piada, e conversou de canto com os instrutores. Comeu com eles sentado na cabeceira, não deu atenção aos rapazes que o fitavam, sem coragem de perguntar o que fazia ali. Enchia a boca de arroz *congrí*, mastigava estalando a língua sem olhar para os lados, mal engolia já empurrava mais comida para dentro, grunhia. Agora, no final da tarde, sabem que não deveriam ter mesmo perguntado nada ao careca; é um homem importante. O uruguaio está sentado num toco de árvore, na área de alvos móveis construída para a prática de tiro, e o céu às suas costas escurece rapidamente, com manchas alaranjadas que se tornam violeta. Ao seu lado, com o braço direito apoiado num alvo de círculos concêntricos brancos e vermelhos, está Fidel Castro, charuto na mão, traje cáqui e boné de campanha. Conversam pouco, de tempos em tempos gesticulam e meneiam a cabeça, não podem ser ouvidos de onde estão os rapazes. Os mosquitos começam a picar, o uruguaio dá um tapa no pescoço, põe o chapéu de feltro que levava nas mãos. Ao ouvir algo de Fidel, que agora traga o charuto (a ponta brilhante no crepúsculo), levanta-se agitado, dá uma volta no toco de madeira, responde. Fidel volta a apoiar o braço no alvo, discutem mais um pouco, o careca se senta.

Ambos, silenciosos, observam o horizonte perder os contornos. A despedida é breve. O uruguaio tira o chapéu de feltro, levanta-se. "Éramos muito contidos, demos apenas um abraço de macho, breve", recorda-se Fidel Castro. Caminham em seguida para onde estão os rapazes, o comandante supremo lhes dá boa sorte, acena para o motorista e os seguranças e partem. O careca continua ali, mãos nos bolsos.

Borrego, abandonado na varanda escurecida, talvez pense em eventos anteriores. Foi o único a acompanhar aquele homem à cadeira de barbeiro do MININT, enquanto um "especialista em fisionomia" arrancava com uma pinça fio a fio de sua cabeça, deixando apenas as faixas laterais de cabelo. Num puxão mais doloroso, o homem não se conteve e gritou *comemierda*, girou a cabeça de lado, xingou novamente. Borrego saltou da poltrona de onde acompanhava a operação e exigiu que o *compañero* fisionomista fosse mais cuidadoso.

— Borrego, essa dor é minha, não sua.

— Sim, comandante.

E baixou o rosto, incapaz de fitar os olhos daquele que assumia aos poucos o disfarce de Adolfo Mena González.

Borrego ouve quando esse homem se dirige pela primeira vez aos rapazes, apresentando-se formalmente como seu comandante para a missão que os espera. Devem chamá-lo apenas de Ramón. Um dos instrutores lhe pergunta o que acha do grupo.

— Um bando de cagões.

Ficam de boca aberta, não sabem como responder. O uruguaio tem um sorriso no canto dos lábios, que a alguns parece familiar. Rubio, vice-ministro do Açúcar, finalmente se ergue e grita.

— Caralho, é você, Che, porra!

Sorriem todos ao descobrir quem os irá liderar na Bolívia. Subitamente seguros da vitória, erguem-se para um último brinde. Nos dias seguintes, põem em prática uma complicada operação de despistamento. Para as famílias, os rapazes avisam que ganharam bolsas de estudo em países da Europa Oriental; o MININT chega a fabricar cartas falsas de convite e a encomendar, para quando voltarem a Cuba, uma lista de presentes típicos que deverão trazer na mochila. Uma manobra minuciosa, e anos mais tarde um observador dirá que, se tivessem tido o mesmo empenho na organização da guerrilha propriamente dita, os resultados não teriam sido tão desastrosos. Mas agora não há mais nada a ser feito e, seguindo rotas de viagem que os levam à Europa e ao México, em seguida ao Chile e ao Brasil, os jovens combatentes se aproximam do destino final.

8.

Existe um autorretrato de Che Guevara, por muito tempo mantido em sigilo e visto apenas por alguns biógrafos, tirado em sua rápida passagem por La Paz. O homem que vemos na imagem, enquadrado num espelho de porta no Hotel Copacabana, é um senhor de meia-idade, careca, com algo na boca que parece um charuto, é difícil dizer ao certo. A máquina está no colo, a lente levemente erguida, capa de couro pendente nos joelhos. Parece que pôs um pulôver às pressas, a gola torta encobre parte do colarinho da camisa. A barriga é pronunciada, não dá para saber se faz parte do disfarce ou se comeu em excesso nas últimas semanas. Está numa poltrona baixa, rosto compenetrado, e as cortinas estampadas da janela, de onde vem a luz, ocupam todo o canto esquerdo da imagem. O homem da foto é Adolfo Mena González, economista uruguaio a serviço da OEA. Gostava de usar a máquina, considerava-se um bom fotógrafo amador, no México chegou a ganhar algum dinheiro trabalhando para uma agência de notícias nos jogos pan-americanos de 1955. Em todas as expedições sempre a levava consigo; o aparelho registra passo a passo sua última empreitada.

Neste 4 de novembro de 1966, depois de fazer o autorretrato, deixa o quarto no terceiro andar do hotel e, na recepção, encontra-se com Pombo e Papi. Com eles está Renán, o agente enviado por Piñero. Segundo relato do próprio agente, assim que saem na rua o comandante o segura pelo braço e, na frente dos demais, pede que faça as malas. "Não o quero por aqui, *cabrón*, sua missão está cumprida." Crê que os serviços de inteligência cubanos só lhe causem problemas e quer fazer as coisas sem ingerências "daqueles burocratas de merda", conforme diz a Papi. Deixam o agente plantado na calçada, distanciam-se rindo. Renán voltará a Havana dois dias depois.

Pombo enfia as malas do comandante num jipe Toyota estacionado próximo ao hotel. Pacho está ao volante, irá levá-los à recém-adquirida propriedade em Ñancahuazú. Assim que o veículo deixa o bulevar, Guevara, no assento da frente, tira os óculos de grau que o incomodavam, coça os olhos, não precisa mais do disfarce. Dá dois tapinhas nos ombros de Pacho, pergunta como andam as coisas. O jovem guerrilheiro fica nervoso com a inesperada simpatia, nunca trocou mais de duas palavras com o comandante. Não sabe bem o que dizer, gagueja, gostaria de falar das dificuldades da viagem, de perguntar sobre a missão. Quando finalmente abre a boca, Che vira a cabeça para trás, pede a Papi e Pombo um relato do que fizeram até então. Os rapazes inicialmente hesitam, combinaram de cor o que dizer mas se enrolam nas frases. Listam os benefícios na compra da fazenda, não parecem convincentes. Guevara fica um momento em silêncio. Em seguida, pergunta a Papi como foi a reunião com Monje. O cubano comprime os lábios, titubeia antes de começar. "A reunião com Monje?", diz ele. "Sim, a reunião com Monje", repete Che, fitando-o nos olhos. Assim que Papi voltou de Cuba, encontrou-se mais uma vez com o dirigente boliviano, com o intuito de "facilitar uma colaboração com grupos locais", ou seja, retomar a conversa sobre alianças. O jantar, no entanto, não saiu como o esperado. Mario Monje perguntou se já tinham se livrado de Chino e Moisés. Irritado com as tergiversações de Papi, atirou os talheres no prato e, veias saltadas, deu um ultimato: se quisessem fazer qualquer coisa na Bolívia, teriam de designá-lo como líder máximo da guerrilha. Papi respondeu, com certa precipitação, que aquilo não seria possível.

— O que não é possível é vocês virem no meu quintal aprontar o que quiserem. Isso não é possível.

— Aqui não é seu quintal — respondeu Papi. Ao relatar essa conversa a Che, muda um pouco os fatos, diz que Monje estava nervoso, "não falava coisa com coisa", quando, na verdade, ocorreu o contrário. Pombo, que está ali ao seu lado no Toyota e ouve tudo em silêncio, dá algumas pistas em seu diário. O acesso de fúria do boliviano os havia impressionado muito, Monje gritava "e fazia o que queria, enquanto Papi mantinha-se calado e suava", escreve ele.

— Você é culpado por todo desentendimento — gritou Monje.

— Eu não. Você é o culpado — respondeu Papi.

— Você é o culpado.

— Não, você é o culpado.

— Pois a História vai julgar quem é o culpado.

— É, a História vai julgar quem é o culpado.

— A História não se engana.

— Não se engana, e é por isso que a História vai julgar você culpado.

— Não, a História vai julgar, vocês são os culpados. Vocês vão sumir.

— Não, não, você é o culpado. Você vai sumir.

Passaram de História para honra, de honra a hombridade, de hombridade a dinheiro. Monje insistiu em mil dólares mensais para cada boliviano empregado na guerrilha. Papi disse que não estava autorizado a falar de dinheiro. Monje riu, perguntou se tinha permissão para decidir alguma coisa, já que pelo visto não fazia nada. Papi afirmou que sim, tinha permissão, mas não estava autorizado a falar disso no momento. "Você não serve para nada; vou falar com seu chefe", disse Monje, e a discussão entrou em nova espiral. Recontando o bate-boca a Guevara, no jipe que os leva a Ñancahuazú, Papi lhe dá outras feições.

— Monje estava tenso, disse que não queria mais ajudar, eu o pressionei, não falava coisas coerentes.

— E terminou assim? — pergunta Che, voltando a mirar o caminho.

— Terminou assim.

Silêncio por mais alguns minutos, até que o comandante se vira novamente e pergunta das operações para receber os guerrilheiros. Pombo e Papi evitam falar que Tania se envolveu formalmente, apesar da ordem em contrário. Detalham as funções da estrutura urbana — com Saldaña, Vázquez-Viaña e Loyola Guzmán — e mencionam pela primeira vez João Batista. Como se saiu muito bem em São Paulo, foi convocado por Papi à Bolívia. "Homem de confiança?", pergunta o comandante. "Da célula M3", responde Papi.

O brasileiro está em La Paz, cuidando de um dos imóveis, num prédio de três andares na rua Figueroa, e se sente só, discriminado pelos cubanos, "que me tratavam como um empregadinho qualquer", dirá ele mais tarde. Foi do Brasil para a Bolívia de ônibus, dormiu em bancos de praça e comeu mal, pois, conforme diz aos interrogadores, Papi tinha lhe dado pouco dinheiro para a viagem. Comenta também que a irmã não sabia de nada. Ao partir, decidiu não avisá-la, temendo que ela falasse com os verdadeiros membros da M3. "Liguei uma vez", dirá ele, "assim que cheguei a Santa Cruz [...]. Falei que estava bem, não sabia quando voltava, dei poucos detalhes; ela parecia preocupada. Foi a última vez que nos falamos." É sua declaração final no primeiro dia de interrogatório; talvez o cansaço e as dores no corpo o tenham impedido de continuar. Deve ter dormido pouco, no quarto do hospital militar onde era mantido preso, e na manhã seguinte estava de volta à sala de tortura. Pela transcrição das fitas, o brasileiro parece confuso, demora a se recordar do que disse.

— Por que o tratavam mal?

— Quem?

— Os cubanos. Você falou que o tratavam como um "empregadinho" — diz um dos interrogadores, provavelmente lendo de um bloco de notas.

João Batista se lembra dos piores momentos naquele apartamento, obrigado a cozinhar, limpar os cômodos que viviam imundos, ignorado pelos homens que se abrigavam de passagem. Recorda-se especialmente de Marcos, o mais velho do grupo, grisalho nas têmporas, bolsas escuras abaixo dos olhos, voz rouca. Tinha o corpanzil dos que se habituaram ao serviço de escritório e, segundo lhe disseram, era oficial de carreira, membro do Comitê Central de Havana. Mas, na guerrilha, isso nada valia; por ordem de Guevara, os voluntários perdiam as patentes; na selva, seriam todos iguais, ganhariam promoção apenas pelo mérito. Marcos obviamente não levava isso a sério; para ele, não passava de conversa para estimular os cadetes. Tinha a confiança de que, já nos primeiros dias, se transformaria naturalmente no braço direito de Che. Por conta disso, assumia sempre que podia o cargo de chefe, e os rapazes, acostumados à obediência, o acatavam em silêncio. Foi Marcos quem atirou um prato de arroz *congrí* na direção de

João Batista, alegando que nunca comera nada tão ruim na vida. Tinha, provavelmente, razão. Como o brasileiro se mostrava confuso, incapaz de cozinhar algo melhor, foi obrigado a passar por "situações humilhantes, na frente de todos".

— Que situações, poderia especificar?

— Tive de comer o que estava espalhado pelo chão. Aquela seria minha refeição enquanto eu não aprendesse a fazer um bom arroz *congrí*.

— E você fez o quê?

— Comi.

— Do chão?

— Do chão. Os outros guerrilheiros, que achei que fossem ficar do meu lado, riram.

— E você assim mesmo continuou com eles? — diz um dos questionadores.

Sim, continuou. João Batista comenta que pensou em fugir, mas tinha medo de ser pego e punido. "Chegaram a me ameaçar de morte, caso eu desistisse", afirma, mas não cita nomes. Apenas isso o manteve ali; naqueles dias, conforme dirá aos interrogadores, ainda não sabia que o comandante da operação era Che Guevara. "Falavam apenas de um certo Ramón, Ramón isso, Ramón aquilo, que em breve estaria com eles na selva."

O outro imóvel, uma casa na zona residencial de Quillacollo, é administrado por Tania. Benigno, outro dos homens de confiança de Che, nos dá um longo relato de sua passagem por ali, a caminho da selva. Tem 27 anos, é estrábico e semianalfabeto, autor de um diário de tons épicos, que recende a plágio de outros documentos. Publicado pela primeira vez nos anos de 1990, com estilo levemente retocado, não costuma ser usado pelos biógrafos como fonte confiável de informação. Benigno aterrissa em La Paz em 12 de novembro de 1966; pega um táxi no aeroporto internacional e se dirige à casa da rua Caballero Hurtado, uma construção térrea de dois cômodos com um pequeno jardim nos fundos, onde Tania "tentava cultivar uma horta, sem grandes sucessos", escreve ele. Impressiona-se ao conhecer a alemã, uma mulher "de mãos grandes", pele clara e olhos verdes, beleza incomum, apesar de as fotos não lhe fazerem justiça. "Nossa querida *compañera* era realmente bela, mas não muito fotogênica." Lá estão três outros guerrilheiros, que chegaram dias antes: Moro, o médico do grupo, 31 anos, oficial de carreira das forças armadas de Cuba; Alejandro, 29 anos, vice-ministro de Che na época em que comandava o Ministério da Economia; e Arturo, 25 anos, irmão mais novo de Papi, jovem tímido e inexperiente. Passam o dia num quarto dos fundos, acomodados em colchonetes, ouvindo radionovelas num velho aparelho sobre a cômoda. "Sabiam de cor os nomes dos personagens dos três programas principais e discutiam os dilemas de cada um, muitas vezes exaltando-se acima do tolerável", escreve Benigno. Tania não passa todo o tempo ali, precisa prosseguir com as aulas de alemão, os estudos de folclore. Atravessa também um período difícil com Mariucho, que se recusa a assinar os papéis do divórcio. Ele abandonou a faculdade, está prestes a ser despejado e "me persegue por todos os lados, achando que tenho um amante", comenta Tania. O pai, que ficou sabendo de tudo, ameaça ir a La Paz "desmascarar a vadia", diz ela, sorriso nos lábios. Nessas ocasiões em que não pode passar em Quillacollo, envia João Batista em seu lugar. Ele acumula o trabalho nos dois imóveis, sem poder reclamar de fadiga ou maus-tratos. Segundo Benigno, o brasileiro "é um rapaz solitário". Por duas ou três vezes, a alemã o trata de forma ríspida. Numa noite, João Batista interrompe a conversa dos guerrilheiros sobre missões passadas, comenta que ele também já participou de algumas, no Brasil. "Moro riu, disse que o rapaz estava exagerando ou mentindo, e bateram boca."

Já Tania, quando está com os cubanos, fala alto e arranca sorrisos com suas piadas grosseiras. Na véspera da partida dos quatro rapazes para o sítio em Ñancahuazú, propõe-se a fazer um prato de arroz *congrí* como despedida. Traz uma garrafa de aguardente, os rapazes se entusiasmam com a conversa, dão gargalhadas, erguem a voz ao recontar anedotas da guerrilha. Tania aparece na porta da cozinha, pano de prato no ombro, ordena que "falem mais baixo, seus *comemierdas*! Na selva vocês poderão gritar à vontade, aqui não". Atira o pano de prato de lado, toma a aguardente pelo gargalo e em pouco tempo está rindo com eles na sala. Da cozinha vem o cheiro de queimado, fumaça. Ela pula do sofá xingando "com o mesmo palavreado pesado do Che", escreve Benigno. Corre à cozinha, mas não consegue salvar o jantar. Sai para comprar frangos assados, volta com garrafas de cerveja.

Às duas da manhã, embriagados, ajeitam-se no quarto e sala; têm poucas horas antes da partida. Tania se recusa a ficar com a única cama, apesar das insistências; diz que eles têm mais direitos, pois em breve estarão combatendo. Instala-se em um dos sofás da sala, volta ao quarto desabotoando a blusa. Os rapazes riem sem jeito, fitam o chão, enquanto ela tira a calça no banheiro com a porta aberta. Volta apenas de camiseta e calcinha champanhe, pernas grossas com manchas arroxeadas. "Agora vocês não podem mais reclamar que nunca dormiram com uma mulher."

Segundo Benigno, a viagem a Ñancahuazú leva três dias. "Subimos no Toyota às quatro da manhã e Papi nos levou para conhecer um pouco de La Paz. Em seguida, fomos a uma casa de periferia pegar três bolivianos: Benjamin, Camba e Ñato", escreve ele. Param a poucos metros do casebre de Geraldina Jimenez Bazán, mãe de Benjamin, um menino magro de dezessete anos. Há outro Toyota estacionado em frente, com Coco, o motorista, apoiado na lateral e os homens em volta. Reclama que os espera há mais de meia hora. A dona do casebre, bule de café na mão, está parada ao lado de Ñato. Identificou-se desde o início com esse índio calado e troncudo, que, assim como ela, fala um quéchua fluente. Ao ver que estão prestes a partir, pede com a voz embargada que "cuide do meu filhinho, ele nunca dormiu tanto tempo longe de casa". Ñato aquiesce, toma sua xícara num gole e fita a criança, sentada nos degraus da entrada com olhar sonolento. O menino está com sua melhor roupa: calça de brim e chinelos, camisa bem passada. Não sabemos por que se alistou. Saldaña e sua rede urbana teriam oferecido dinheiro às famílias mais pobres, mas essa hipótese até hoje não foi comprovada.

Coco está agitado, fala muito, mesmo àquela hora da manhã. Benigno o descreve como um garoto "entusiasmado", mas sem o físico do combatente. "A cabeça era grande demais para o corpo franzino." Alejandro sugere que cubanos e bolivianos comecem desde já a se conhecer melhor, "porque somos irmãos de sangue num mesmo ideal". Cada um deve dizer seu codinome, a região de onde veio e por que se uniu à guerrilha. Papi, o líder, é o primeiro. Sua menção à liberdade dos povos e sacrifício pela revolução será repetida, com pequenas variantes, por todos os outros. Ao chegarem a Benjamim, não estão mais tão interessados. Dividem-se entre os dois jipes antes que ele termine.

Iniciam a viagem com a manhã já plena. A estrada, segundo Benigno, "é muito bela e atravessa o imenso altiplano, onde estão as mais altas montanhas do mundo". Seu olhos se preenchem com a paisagem, de "paredes cobertas até o alto de espessa floresta, com tremendos contrafortes erguendo-se a pique e com ladeiras de puro granito, formidáveis montanhas-russas para brincadeiras de titãs", escreve, mimetizando exploradores europeus do século XIX. Vê casebres de barro, índios em trapos, mas "honrados e belos", jogados na entrada das casas, garrafa vazia nas mãos e inconscientes. "Algumas cabras, de malhas claras e barbichas pretas, faziam-me lembrar da África", mas "o gado bovino constitui um espetáculo penoso, ferido e comido pela larva branca do tsé-tsé local". Explica que os índios estão nessa situação, "de homens separados rudemente da natureza", porque os americanos, "sentados confortavelmente em suas casas, os exploram continuamente". Só sobrevivem à miséria porque "parecem ter sido feitos para o trabalho e, para eles, esse é o melhor dos mundos possíveis", completa Benigno, esse Pangloss da luta armada.

Ao meio-dia, param num restaurante de beira de estrada que serve o menu fixo de frango, arroz e batatas. Uma indiazinha "tímida, mas formosa e com um largo sorriso", deposita na mesa uma cesta de pães e um creme rosado, que a Benigno parece patê. "Enchi o pão e a menina me olhava com a boca aberta, à espera da primeira mordida." É uma pasta de *llajua*, forte pimenta boliviana. "Caiu na gargalhada assim que me viu vermelho, olhos cheios de lágrimas, correndo atrás de água."

No final do almoço, Papi reúne as poucas sobras numa quentinha e, ao deixar o restaurante no primeiro Toyota, para no acostamento, estende o braço para fora e a entrega a um moleque de costelas à mostra, que se aproximou correndo para pedir dinheiro. Vendo o rosto de decepção do menino, Papi pede que não se inquiete: "Em pouco tempo, você não terá mais de mendigar".

— Que Deus lhe dê em dobro, *taita* — diz o menino, segurando a quentinha com olhar incerto.

— Não é Deus quem deve ajudar, é você mesmo. Prometa-me uma coisa: quando você crescer, pegue um fuzil para que não te roubem nunca mais.

— Certo, *taita*. Um fuzil.

— Combinado?

— O que você disser, *taita*.

Aceleram. No diário, Benigno celebra a candura da criança. Mas, pelo retrovisor, parece que a viram atirar a comida pelo acostamento e correr ao segundo Toyota, dirigido por Coco.

A viagem prossegue. Na primeira noite, chegam a Cochabamba. "É uma cidade comprida e bela, espalhada, construída com irregularidade e estendendo-se por quase uma milha sobre a montanha." Benigno se mostra um exímio observador de pontos turísticos. "Às portas da cidade, nossa atenção se volta para o monumento dedicado a Juana Azurduy de Padilla, lendária combatente do Alto Peru, viúva do patriota Asencio Padilla. Havíamos justamente lido algo sobre ela." Na manhã seguinte, passam por Comarapa ("a rua principal é larga e em grande parte calçada. Mas não vimos ninguém, como se fosse uma cidade fantasma") e Samaipata ("de belas igrejas caiadas de branco e um povo cordial"). A partir de Santa Cruz, dirigindo-se ao sul, a estrada fica mais estreita e a lama dificulta o deslocamento. Não estão mais na paisagem do altiplano, mas na "velha companheira de guerra: a floresta virgem, a selva conhecida e adorada". Por volta das três da tarde do terceiro dia, atravessam o rio Grande de balsa, "manobrada por índios pobres, porém íntegros, e mais velhos que a própria mata que os cerca". Quando chegam a Camiri, estão esgotados. Benjamin, que nunca viajou de carro, é o caso mais grave. Sente enjoos desde que deixou a casa da mãe, agora tem calafrios. Mas é preciso prosseguir a jornada e, no início da noite, estão em Lagunillas. Do vilarejo, pegam uma estrada secundária, penetram em uma floresta ainda mais densa, o jipe de Coco sacode nos buracos, Benjamin põe as mãos sobre a boca, os homens gritam que não, ele soluça e espirra um jato de vômito entre os dedos, contra a janela fechada. O cheiro é insuportável, Ñato faz menção de abri-la mas é impedido, do lado de fora os mosquitos são vorazes. Coco pede paciência, estão quase chegando. Benjamim chora. Benigno dirá que "a lembrança de que logo encontraríamos Ramón e os demais *compañeros* nos deixava eufóricos". Por volta das nove, Papi embica o Toyota na mata, desliga os faróis; o jipe de Coco faz o mesmo. Para chegar a Ñancahuazú, precisam cruzar terras de Ciro Algarañaz, o criador de porcos. No escuro, Papi explica que, de tanto passarem por ali transportando guerrilheiros, o proprietário ficou desconfiado e, sempre que ouve o ruído de carros, vai até a cerca observá-los. Suspeita que virou vizinho de produtores de cocaína e, segundo Papi, alguns dias atrás propôs receber uma pequena quantia do negócio para "manter a boca fechada".

Têm de esperar que o homem e seu capataz caiam no sono. Papi deixa o Toyota e some na escuridão. No outro carro os rapazes, mergulhados num cheiro azedo, dão tapas no rosto e se coçam, perguntam-se como os mosquitos conseguiram entrar se as janelas ficaram fechadas todo esse tempo. Alejandro está fumando e, à distância, Benigno pode ver a ponta alaranjada da brasa. Escreve mais tarde que Coco, responsável por aqueles homens, é ainda inexperiente; "esse é um sinal perigoso, que pode atrair a atenção do inimigo".

Papi regressa depois das dez, conversa com Coco no outro jipe, volta ao seu veículo e comenta que o caminho está livre; dá para ouvir da estrada os roncos de Algarañaz. Percorrem mais quarenta minutos de caminho impraticável e chegam a um casebre de pau a pique e teto de zinco, chão de terra, iluminado por um único lampião. Loro, irmão mais novo de Humberto Vázquez-Viaña, avança para recebê-los com a cara achatada de sono. É um sociólogo recém-formado, mas ali "se passava por capataz e tinha dois índios consigo, Apolinar, um guarani, e Serapio, quéchua. Andavam descalços e mal entendiam nosso espanhol", escreve Benigno.

Ele pergunta quantos anos Serapio tem e é Loro quem responde: entre quinze e dezessete, nem o moleque sabe ao certo. O indiozinho não está ali para pegar em armas, nem poderia. Ao se aproximar do jipe, Benigno nota que ele tem paralisia na perna direita, o pé é como um gancho que se arrasta pela poeira. Para caminhar equilibra-se no tornozelo e, ao erguer um barril de arroz com rifles escondidos, bufa, treme todo o corpo e tropeça para trás. Alejandro se inclina para ajudá-lo, mas Loro pede que não façam nada, precisa aprender o "serviço de campo". Serapio cambaleia até a porta do casebre, despeja o barril e, ao voltar, pergunta num espanhol canhestro se não gostariam de um *cafecito*. "Como todo bom guerrilheiro", escreve Benigno, "nos ofereceu café antes de qualquer outra coisa. Eu sorri e ele se afastou para preparar a bebida. Comentei que estava sendo muito bem-educado, no que Loro agradeceu."

Da Casa de Zinco, como é chamado o casebre, ainda precisam seguir por uma trilha de três quilômetros na mata fechada, carregando víveres e armas, até o acampamento central. É madrugada quando finalmente chegam, camisas empapadas, sede, o garoto Benjamin desfalecido nos ombros de Ñato. No escuro, não podem ver o que foi construído por Guevara e seus subordinados nessas semanas na selva: um forno rachado de argila; uma estrutura de galhos coberta por folhas de palmeira, para o preparo de charque; uma cabana usada como enfermaria; troncos dispostos em fileiras, para aulas de geopolítica, quéchua e francês; fossas de latrina; túneis interligados para esconder um velho radiotransmissor, comida enlatada e documentos. Papi troca senhas e contrassenhas com o sentinela. "Pude ver enfim uma pequena luz à nossa frente e já me sentia em casa", escreve Benigno. As pernas estão fracas, deve ser o cansaço, mas corre ao ouvir o som das colheres nas canecas de metal, ao sentir o cheiro de fumo. Estão sentados ao redor da fogueira. Abraça Joaquín, Arturo e Rubio, Braulio e Antonio, Miguel, Tuma, Pacho e Pombo. Vê também alguns bolivianos, mas não encontra Guevara; pergunta onde está o comandante, Miguel aponta na direção de um lampião entre as árvores. A essa hora da noite, costuma se isolar para ler e escrever o diário. Benigno se aproxima, vacilante; não quer perturbar o argentino que, sentado num toco de madeira, parece compenetrado num livro. O rapaz pigarreia, curva-se para decifrar o que pode ser tão interessante. O comandante puxa o livro para si, marca a página, põe o volume no chão e se levanta. Usa um traje verde-oliva, e os coturnos, cobertos de lama seca, estão desamarrados até a metade. É seu uniforme na selva. A barba começou a crescer e em questão de dias a careca sumirá, o falso grisalho dará lugar ao castanho avermelhado. Voltou a ser o Che, seus olhos brilham irônicos, sorriso nos lábios. Trocam um abraço, o comandante não diz nada às exclamações do recém-chegado. No chão, do outro lado do toco, Benigno vê uma agenda escura, caneta por cima.

— Escrevendo muito? — pergunta o cubano.

— Bastante — responde Che.

— E esse livro que você está lendo, é bom?

— É.

— Sobre o quê?

— Umas coisas que se passaram na Itália, há muito tempo.

— Estratégias?

— Um romance.

— Certo...

O assunto estanca, Benigno vê que não é bem-vindo àquela hora da noite, curva-se num último cumprimento e, enquanto Che volta a se sentar no toco e pegar o livro, ele regressa à fogueira. Os amigos formaram um círculo ao redor de dois vultos no chão. Um é Benjamim, que desmaiou ao chegar. Ao seu lado está Moro, o médico, aplicando uma agulhada no braço. Ñato, em pé, comenta com os outros da mãe preocupada, que o moleque desde o início parecia não ter condições para a viagem, deveria ter sido deixado num posto de estrada, com alguns trocados para o regresso. "Puta que o pariu, agora eu vou ter de cuidar do garoto", sussurra.

Os cubanos logo perdem o interesse e voltam à fogueira. Estão animados, relembram antigas vitórias, repetem os mesmos casos; os bolivianos acompanham cada vírgula, ansiosos por terem, um dia, suas próprias histórias. Conversam por todo o restante da madrugada, até que a claridade aos poucos apareça entre as folhagens. Benigno, cozinheiro de missões anteriores, se candidata para o café da manhã. Prepara pasta de milho, pãezinhos e um café forte, com muito açúcar. Faz uma porção extra, amarga, especialmente para o comandante, e insiste em levar ele mesmo a caneca de alumínio. Guevara adormeceu no chão, cabeça apoiada no braço, o livro aberto com a capa para cima. *A cartuxa de Parma*. O cubano pousa a xícara ao seu lado e, silenciosamente, fecha o livro. Depois vê que se esqueceu do marcador, uma tira colorida de pano largada sobre a terra. Enfia-o na primeira página, ergue-se novamente em silêncio. O dia na guerrilha começou.

9.

No último dia do ano, Benigno prepara o café como nas outras manhãs. Benjamim, que não tem capacidade para o trabalho bruto, divide as broas de milho entre as tigelas; tornou-se um esforçado, ainda que desatento, ajudante de cozinha.

Ouvem ruído na floresta, alguém que grita a senha e se aproxima, mão no peito, arfante. É Ernesto, um boliviano de pele escura e olhos puxados, sentinela na Casa de Zinco. Diz que veio correndo por todo o trajeto com uma mensagem urgente. Chegou de La Paz um jipe com uma figura importante, "Flávio Moro, Roberto Mongo, Mário Montes, não me lembro muito bem". Guevara, que toma café com os demais, ouve a notícia em silêncio. Engole o último pedaço de broa e se ergue limpando as mãos na calça. Diz que o boliviano é um merda e se não aprender a dar recados ficará sem comida. Depois, olha ao redor e aponta para Inti, Urbano, Tuma e Arturo. Ordena que peguem os rifles mais novos, vistam camisas limpas, amarrem as botas "como gente decente" e o sigam. Aprendeu isto com Fidel: é preciso impressionar os visitantes.

O encontro se dá uma hora mais tarde, sob uma estrutura de madeira no meio da trilha, batizada de Casa do Protocolo. Chegam bem antes que o grupo de Monje, sabem que o boliviano está fora de forma e o caminho não é fácil. Ouvem à distância quando se aproximam: chiados, resmungos e a mata estalando. Os rapazes erguem-se dos cantos, limpam as fardas do capim e da terra, empunham os rifles e se dispõem num semicírculo ao redor de Guevara, sentado num tronco sob o teto de palha. Papi surge primeiro, acena. Em seguida veem Pedro, um dos novos bolivianos na guerrilha, e Tania, rosto vermelho de esforço, óculos escuros e cabelo preso sob o boné. Monje e seu assecla aparecem por último, respirando pela boca, aos tropeços. "Que porra de lugar vocês foram escolher para se esconder", reclama ele, passando um lencinho enrugado na testa. Aparentemente não dá atenção ao circo à sua frente. Ele, que nunca usou uma farda na vida, também preparou seu espetáculo: está vestido como Fidel Castro, de cáqui, boné rígido, coturnos lustrosos por cima da calça. A fantasia, no entanto, desmantelou-se no percurso e a blusa escapa do cinto. Desmorona no outro banco improvisado e pergunta se alguém ali tem água. A alemã sorri para os rapazes que se fazem de guarda-costas, vai dizer algo, mas hesita ao ver Che ereto no toco, compenetrado como o imperador de toda aquela selva.

— Porra, aqui vocês só vão lutar é com os mosquitos — diz Monje, e Che apenas ergue uma das sobrancelhas, sinal de que está contrariado. Os garotos sabem que nesses momentos o melhor é sair de perto do comandante. Papi comenta que conhece um córrego a poucos metros dali onde poderão lavar o rosto; Monje consente que seu assistente os acompanhe mata adentro.

Agora que os líderes estão sozinhos, trocam um aperto de mão decidido, de *hombres*. Fidel era um negociador nato; perguntaria primeiro da saúde das crianças, da mulher, em seguida pediria uma avaliação geral da situação política boliviana, concordaria com a cabeça, tomaria conselhos sobre um ou outro ponto. Já Guevara não suporta o silêncio que se ergue entre ele e Monje. Acredita que sabe o necessário sobre o país e que sua chegada é o prenúncio da revolução socialista.

Mas Che não leva em conta que a Bolívia de 1966 é um país muito diferente do que ele conheceu ainda jovem, em suas andanças como mochileiro nos anos de 1950. Continua miserável, vítima de grandes contrastes sociais, mas passou por uma reforma agrária no governo de Paz Estenssoro. Sua presidência ainda combateu as oligarquias das famílias Patiño, Aramayo e Rotchschild, estatizou a extração de estanho e gás natural e restaurou o sufrágio universal, medidas que sobreviveram parcialmente com a subida dos militares. O atual presidente, René Barrientos, fala quéchua, tem apoio dos índios do altiplano e instaurou um regime populista composto por "um estranho enxerto de nacionalismo e conservadorismo pró-americano importado do Brasil", escreve um biógrafo. É uma sociedade complexa, sem espaço para aventureiros.

Monje é o primeiro a falar. Reclama das movimentações dos cubanos em La Paz, diz que aquilo "parece uma feira", com "moleques cheios de segredos, querendo montar um poder paralelo sem pé nem cabeça". Guevara o interrompe com uma risada, levanta-se do toco. Se somos assim tão desorganizados, por que o Partido Comunista não está nos ajudando? Monje endireita a coluna, reclama que não é verdade. "Estamos ajudando, e muito. Sem nosso apoio, a rede urbana já era." Che parece não ouvi-lo. Monje continua: "*Carajo*, Che, me disseram que vinha *um* cara, não você. Só fui saber que era você há alguns dias [...] E falaram que estavam só de passagem. Depois, que vinham para fazer a revolução continental. Como é isso?".

Se Fidel Castro liderasse a guerrilha naquele momento, teria provavelmente colocado a mão nos ombros do dirigente, oferecido um charuto, falado sobre a importância do PC boliviano para o movimento. Guevara, no entanto, volta a se sentar no toco para dizer, com um leve sorriso nos lábios, que Monje está certo; não disseram nada ao PC para evitar a interferência "de quem não sabe das coisas". "Meus emissários não estavam autorizados a adiantar nada, *compañero*", e crava os olhos irônicos no boliviano, como se prestes a rir daquele balofo que mal se equilibra no banquinho.

Monje, em vez de confrontá-lo, enumera as dificuldades diárias que tem na condução do partido, de como é difícil mantê-lo na legalidade sob o governo militar; diz que, para não prejudicar o PC, pensa seriamente em sacrificar-se; ele, que é "casado e pai de três lindas filhas", cogita abandonar tudo para se unir à luta armada. Treinou em Cuba, num curso avançado de liderança na selva, foi elogiado pelos instrutores e pelo próprio Fidel (Che sorri com desdém). Pode deixar tudo de lado, repete, família e prestígio. Guevara diz que não é preciso tamanho desprendimento. Pergunta o que quer para apoiar a guerrilha.

O boliviano reivindica três pontos. Em primeiro lugar, quer apoiar a guerrilha sem envolver o partido. Che dá de ombros. Em segundo, os partidos latino-americanos que quiserem colaborar com o movimento, caso ele ganhe projeção continental, devem ser aprovados também por ele, e a ele serão subordinados. Che franze a testa, Monje continua. Exige, por fim, a direção político-militar da guerrilha. O argentino balança negativamente a cabeça antes mesmo que ele termine. Levanta-se mais uma vez do tronco e sorri com sarcasmo.

— E onde eu entro nisso, *compañero?*

— Veja bem, Che, é você quem tem a experiência prática da guerrilha; a minha, apesar de excelente, é apenas teórica. Porra, é você quem sabe o que fazer no mato — e ri, para depois acrescentar, de forma solene: — Você será meu comandante em chefe dos exércitos de selva.

— Aqui eu não sou assessor de ninguém — responde Guevara. Na Bolívia, ele diz, o comando é seu e as coisas serão feitas à sua maneira. "A discussão entrou num círculo vicioso", escreve depois no diário. Monje volta a explicar seus motivos, mas Che perde a paciência e o interrompe, dedo em riste, diz que agora é sua vez de falar. Faz um longo relato sobre a história da América Latina, menciona o perigo capitalista; discursa sobre o Novo Mundo, Colombo, Pinzón e a sífilis, o extermínio dos índios caraíbas e o papel do novo homem no século xx. O pronunciamento de Guevara é enfadonho. Quando termina, acredita ter feito uma brilhante análise histórica. Monje, no entanto, não se impressiona. Como não há mais forma de prosseguir nas negociações — o comandante está de costas, com os braços cruzados —, o boliviano pede, por fim, para falar com os membros do pc que estão na guerrilha. Precisa lhes comunicar a decisão oficial do partido, de não participar nem apoiar a luta armada, e deixar que os rapazes decidam o que fazer. Che concorda, como um cavalheiro; adiciona que não há mais nada a ser dito. Dá um assobio agudo, em pouco tempo reaparecem os homens que descansavam à beira do córrego.

Retomam a caminhada, chegam no final da tarde ao acampamento e Monje, depois de um curto repouso, em que recebe uma xícara de café açucarado e pão de milho, decide iniciar seu trabalho de persuasão. Supera a dor nas pernas e o cansaço, fala à parte com cada um da juventude comunista. Primeiro, tenta convencê-los da loucura que é ficar na guerrilha. Os rapazes não lhe dão ouvidos. Parte em seguida para as ameaças de expulsão do partido, mas, ali, suas palavras têm pouca significância. Inti, o boliviano mais preparado politicamente, perde a paciência ao vê-lo conversando de canto e grita como um profeta divinamente inspirado. Dedo apontado ao dirigente rechonchudo, voz estrondosa, grita que só sairão dali com a vitória da revolução marxista ou em "ataúdes de madeira". "O que é ataúde?", pergunta de lado um boliviano. Os que ainda estavam em dúvida se afastam de Monje. Quando anoitece, ele desaba em uma rede, exausto, sabendo que a batalha está perdida.

No jantar, um ensopado de carne enlatada preparado por Benigno, ele está isolado. Tania, que surgiu com roupas limpas e cabelos penteados, como se tivesse tomado banho, tira fotos com os rapazes e se diverte, mas em nenhum momento dirige o olhar a Monje, como se ele fosse invisível. Recusam-se também a lhe emprestar cuia e colher, e Ñato diz que "não sei como os porcos da sua cidade comem, mas na minha é no chão". Teria passado fome se Benigno não lhe desse as suas. Perto da meia-noite, a alguns minutos para a virada de ano, reúnem-se na sala de aula para ouvir um discurso preparado por Che em homenagem aos sete anos da revolução cubana, no qual aproveitará para discorrer sobre os valores do guerrilheiro moderno. Logo que dispara as primeiras metáforas do combatente ideal e, sob total atenção de rapazes boquiabertos, anuncia um aparte sobre a história latino-americana, Monje percebe que ouviu isso antes, na reunião que tiveram à tarde. Agora o argentino está na parte do Novo Mundo, e a Monje não resta mais nada a não ser enfiar o rosto entre as pernas e, ao escutar as primeiras observações sobre os malditos caraíbas, resignar-se. Seu pesadelo só terminará na manhã seguinte, quando, depois de uma noite insone, a pele inchada pelas picadas de insetos, Papi anuncia que irá levá-los de volta a La Paz. "Foi-se com a aparência de quem se dirige ao patíbulo", escreverá Guevara sobre a partida.

Enquanto o dirigente e seu ajudante revolvem-se nas redes, estapeando-se no escuro, os guerrilheiros dividem uma garrafa de aguardente trazida por Papi e relembram antigas histórias. De onde Monje está, pode ouvir as risadas, o barulho do fogo. Mas não vê quando Guevara se afasta com Tania a um canto mais retirado e, juntos, somem na escuridão. Não fica sabendo, também, que num dado momento da madrugada Benigno vai procurá-los com duas xícaras de café, mas não os encontra num raio de vinte metros. No diário, o comandante escreve que, naquela noite, conversaram sobre a próxima missão da agente alemã. Tania deve ir a Buenos Aires, fazer contato com um grupo clandestino e trazer à Bolívia um certo Ciro Bustos, ativista político, pensador de esquerda e pintor de naturezas-mortas. "Será nosso homem de ligação com a Argentina", diz ele. Che costumava afirmar que, quando dirigia suas missões, tomava atenção especial aos detalhes; mas nunca havia se encontrado com Bustos nem sabia de seu desempenho em ações anteriores. Decidiu recrutá-lo apenas com base em opiniões de conhecidos. Mas isso não parece preocupá-lo nesse momento, enquanto Tania decora nomes e endereços e repassam os detalhes noite adentro. Na manhã seguinte, depois de arrumarem as mochilas para partir, ela troca últimas palavras com Che e beija a bochecha dos cubanos que lhe são mais próximos. Os demais, privados de qualquer contato feminino, não podem suportar aqueles afagos sem virar os olhos para o chão.

Para Monje, a viagem de volta é insuportável — três dias de um silêncio cortado por provocações políticas da alemã. Assim que o dirigente chega a La Paz, mostra-se implacável em minar as intenções de Guevara. A rede urbana depende em muito da estrutura fornecida pelo PC. A casa e o apartamento foram alugados com ajuda de membros do partido, com testas de ferro e fiadores; e, como Loyola Guzmán é ainda inexperiente nas finanças, os comunistas bolivianos a ajudam no controle de receita e despesas da rede urbana. Tudo isso é cortado da noite para o dia. Um dos imóveis é imediatamente devolvido e o outro, com aluguel atrasado, é reclamado na justiça pelo proprietário.

João Batista, despejado do apartamento, demora a receber de Loyola algum dinheiro para se hospedar numa pensãozinha para rapazes. Come esporadicamente e nem ao menos pode falar com Tania, que está em Buenos Aires. "Vi, nesse momento, que tinha sido abandonado", dirá ele aos interrogadores. "Foi então que resolvi que não poderia mais ficar ali." Assim que Tania voltar, está decidido a segui-la para onde quer que ela vá. Chegou sua hora de entrar na guerrilha, pois ficar na cidade, diz ele, é como "morrer aos poucos".

10.

Em cinco dias, esta é a primeira madrugada sem chuva e Benigno, ao tombar ainda sonolento da rede sob a escuridão da selva, vê nisso um bom presságio. Senta-se num toco, respira fundo, calça as botas cobertas de lama. Ao fundo, ouve pigarros, tosses, os gritos de Inti acordando os atrasados. Levanta-se, desprende a rede e a lona que o protegia da chuva, enfia tudo na mochila com provisões, munição, talheres, cuia, peças de roupa. Pesa cerca de quarenta quilos e, ao jogá-la sobre os ombros, perde o equilíbrio. Sabe que o dia será longo; mesmo esse otimista deve pensar que não suportará a marcha forçada com tamanha carga nas costas. Curva-se para alcançar o rifle ZB-30, de fabricação tcheca, apoiado numa árvore. Segura a arma com as duas mãos e justamente nesse momento os bagos, bem ajustados na cueca úmida, começam a coçar. Diz a si mesmo, "mas assim é a guerrilha".

Já pode ver os vultos contra a mata, ouve o tilintar de cintos se afivelando, pratos e talheres batendo, homens pisando na relva úmida, sussurros. Mesmo na penumbra, nota que um boliviano se ajoelhou e fez o sinal da cruz. Inti, que vai naturalmente ocupando o cargo de comissário político, adianta-se e engrossa a voz, ordena que pare com isso; as religiões, sobretudo a católica, são o ópio do povo e "é por isso que Marx lutou contra elas".

Benigno afirma que, apesar das dificuldades, está exultante. Dos 33 homens no acampamento, 29 participarão de uma marcha de pouco menos de um mês para reconhecer terreno, entrar em forma e receber as primeiras instruções de combate. "Agora começa a etapa verdadeiramente guerrilheira, e provaremos a tropa", escreve Che. "O tempo dirá quais são as perspectivas da revolução." Para trás ficam apenas os bolivianos Ñato e Camba e os cubanos Arturo, responsável pelo rádio, e Antonio, supervisor do campo.

Mas há outro motivo mais premente para a partida; é Guevara, que está enfadado depois de dois meses de inatividade, cansado de dar aulas de geopolítica sem ser compreendido, de ler livros que já leu. Está farto de cavar buracos e marcá-los num mapa geral do acampamento, de montar fornos de barro e ver a chuva cair ruidosa. Protegido em uma cabana onde as gotas se infiltram pelo teto de palha, decide que chegou o momento de agir.

Desde o final do ano, pouco de produtivo foi feito. Pequenas saídas de reconhecimento, trocas de turno na Casa de Zinco, boletins esparsos a Havana. Com tempo de sobra para escrever o diário, Benigno relata uma desinteressante expedição a Pampa del Tigre, platô coberto de mata rala. Numa tentativa de deixar a aventura mais atraente, descreve seu encontro com um tigre ("por um momento trocamos um olhar direto"), apesar de não existirem na região. Pombo é mais sincero: "Dia monótono", escreve em 11 de janeiro. Dois dias depois, "não fizemos nada de muito importante hoje". E, na semana seguinte, "é o terceiro aniversário do meu matrimônio. Bodas de couro, se não me engano. Vou verificar". Nesse mesmo dia, Pacho anota: "Livrei uma borboleta de uma teia de aranha, mas não sei se ela viveu. Chegamos às 6h10 ao acampamento e Che estava dando aula". Tuma, de boina e cachimbo na boca para se parecer com o comandante, passa horas limpando a arma e falando com ela. "Fique bonitinha, fique bem bonitinha que depois da guerra levo você para um museu." Rubio cantarola por horas as mesmas músicas de Charles Aznavour, sem saber as letras. Alguns homens reclamam. Guevara anota os eventos mais ínfimos: o percurso das patrulhas de reconhecimento, os horários do nascer e do pôr do sol. O contato de algum guerrilheiro com o mundo exterior é sempre motivo de excitação. "À tarde chegou Loro com duas mulas que havia comprado por 2 mil pesos; boa compra, os animais são mansos e fortes", escreve o comandante. Monta em uma delas, infla o peito para que lhe tirem uma foto; gosta de animais, quer algo heroico para a posteridade. Loro aparece na imagem segurando as rédeas da mula, ombros curvados como um criadinho, e é assim que se sente na guerrilha esse jovem das classes mais altas de La Paz, filho de um cientista político, educado na Suíça, fluente no francês e no inglês. Na selva é obrigado a fazer os trabalhos rasteiros, pois "todos têm a mesma patente de soldado raso", repete Che, mas os que vieram de famílias privilegiadas são mais rasos que os demais, e é por isso que Loro esfrega as mulas, cava latrinas e cumpre os piores horários de vigia. Nas últimas semanas ganhou a função de capataz da Casa de Zinco e, como até agora não foram capazes de caçar nada na selva, de tempos em tempos é escalado para comprar mantimentos em Lagunillas, o vilarejo mais próximo. São os raros momentos em que pode se distrair. Logo começa a agir de forma "livre demais", segundo a avaliação de Guevara. Aparentemente, usa parte do dinheiro em bares e bordéis e já é figura bem conhecida no povoado. No final do mês some por um dia inteiro e, ao ser pressionado pelo argentino, confessa que caiu de bêbado no trajeto do boteco ao jipe e, ao se levantar, já era plena madrugada, não sabia mais onde estava. Durante a revolução cubana, talvez Che tivesse lhe dado um tiro na têmpora. Ali, na Bolívia, o comandante apenas corta sua alimentação por dois dias.

Está amaciado pela idade. Prefere fechar-se em seus livros a controlar a animosidade crescente dos homens, aborrecidos pela chuva e pela inatividade, atormentados por mosquitos, vespas, bernes que despontam de erupções na pele; nem no Congo viram coisa parecida. Che só interfere, contra a vontade, depois que as discussões avançam para os gritos, ou que os desafetos se estapeiam cercados de curiosos. Então, corta-lhes um ou dois dias de comida. A punição resulta num silencioso tráfico de alimentos, e em pouco tempo Benigno começa a dar falta das latas de leite condensado de sua despensa. Marcos, que em Cuba era um oficial de carreira bem-sucedido, está irascível. Aos cubanos que lhe são fiéis, diz que é mais preparado para liderar uma guerrilha do que o próprio Che; desdenha de suas ordens e, ao ser designado para algo que julga degradante, escala em seu lugar os bolivianos, esses "índios analfabetos de merda". É particularmente cruel com os mais novos; uma de suas diversões é castigar Serapio, chamando-o, para risada geral, de manquitola debiloide. No final de janeiro, Che o destitui do posto de segundo homem no comando e, em seu lugar, nomeia Joaquín, guerrilheiro velho e fora de forma. Acentua, com isso, a dissidência nas fileiras. Sente provavelmente a pressão, pois estoura sem motivo, é injusto. Papi, um dos mais eficientes, é chamado de *comemierda* na frente de todos e, acreditando ter caído em desgraça, zanza perdido pelo acampamento, "incapaz de levar uma ordem até o fim".

Se o comandante não segue os ensinamentos que ele mesmo compilou num método da guerrilha, não pode esperar que os outros o façam. Eles nem ao menos conseguem deixar o acampamento sem se perder. Coco sai para caçar e some na floresta por quinze dias; quando é reencontrado, caído atravessado num córrego a não mais de cem metros dali, está à beira da morte.

Os que ficaram na Casa de Zinco despertam suspeitas tanto dos vizinhos quanto das autoridades. Ciro Algarañaz, o criador de porcos, estranha as idas e vindas naquele casebre de pau a pique e a quantidade de mantimentos que semanalmente são descarregados ali. Tem certeza de que refinam cocaína em algum lugar na mata e diz novamente a Loro que gostaria de tomar parte no negócio. Que negócio?, responde ele, entre irônico e prepotente, e Algarañaz decide avisar a polícia. Em 19 de janeiro, quatro soldados e um certo tenente Fernández, de Lagunillas, fazem uma visita ao casebre. Abrem sacos, cheiram panelas, examinam o interior do forno de barro. O tenente interroga Loro e apreende sua pistola Browning. "Depois você passa lá na cidade para pegar sua arma, sem muito alarde", diz, dando uma piscadela. "Não faremos nada para atrapalhar, se vocês nos deixarem a par do que sai daí", e aponta a mata com o queixo.

Mesmo depois de ser informado do incidente, Che não faz nada para alterar a situação; não paga os policiais ("não negociamos com corruptos", diz ele) nem diminui as movimentações na Casa de Zinco. Mas não pensa nisso agora, ao pôr a boina e, nessa manhã úmida, conduzir os guerrilheiros para a primeira grande marcha. As mochilas machucam os ombros, e as botas, desde o início, se mostram inadequadas para longas caminhadas — foram arrematadas num lote de peças defeituosas de um chinês em Santa Cruz.

No final do primeiro dia, estão exaustos; atravessaram quinze quilômetros de uma região árida, arbustos baixos e retorcidos, com espinhos que rasgam as roupas. O gordo Joaquín não consegue acompanhar o ritmo e atrasa a retaguarda, e Pombo, no grupo do centro, relata terríveis dores de barriga. Che está "extenuado, com a asma que o ameaça", escreve Benigno, "mas o pusemos em pé com um bom café sem açúcar, que tanto ama". O comandante tenta minimizar o problema, culpa o esforço depois de tanto tempo de inatividade, quer se mostrar um exemplo de superação.

No final do segundo dia, um aguaceiro prejudica a marcha. Armam toldos improvisados enquanto Che tenta descobrir onde estão. Os mapas que trouxeram são imprecisos, ele tem de refazê-los com um estojinho de lápis de cor que sempre leva consigo, mas não tem certeza de traçar as linhas corretas naqueles papéis rotos, que vão aos poucos tomando a forma de um desenho infantil, com riscos azuis e vermelhos, hachurados verdes: o vislumbre de um mundo fantástico. "Che disse que em breve terminará de preparar nossos próprios mapas. É um excelente cartógrafo", escreve Pacho. Em 4 de fevereiro, depois de uma caminhada de doze horas, com breve parada para o almoço — uma sopa rala de milho —, as botas se desfazem quase que simultaneamente. "Os homens estão esgotados", relata Pacho. "Urbano está com febre, Benigno tem os gânglios inchados e eu não consigo comer."

Na manhã seguinte, quinto dia de marcha, deparam-se com um rio de águas turbulentas da cor do barro, uma correnteza que arrasta árvores inteiras, como palitos. Para Che, não há dúvidas de que aquele é o rio Grande. Desdobra um dos mapas, compara-o com o rio, vira o mapa de lado, compara-o novamente. Não parece muito seguro, puxa uma bússola do bolso direito da camisa. Por fim, guarda o instrumento e suspira. Diz que os cartógrafos bolivianos deveriam enfiar aqueles mapas no cu.

— Eu mesmo providenciarei para que o façam... bando de *comemierdas*.

Está convencido, agora, de que encontrou o rio Grande. Deixa as coisas de lado, tira as botas moídas e afunda os joelhos na margem lodacenta. Diz a Pacho, que está mais perto:

— Chegamos ao Jordão, batiza-me.

Perdem o dia à procura de um trecho mais fácil para a travessia. É um período de "calma e reposição de forças", escreve o comandante. "Pombo está um pouquinho doente [...], Inti chama a atenção de uns bolivianos que brigaram por um bolinho de milho [...], Alejandro, Inti e Pacho me informam que tentarão atravessar o rio a nado." Na água, os três rapazes parecem troncos tragados pelo rio Grande. Seguram-se uns aos outros, seus gritos saem abafados no turbilhão. Querem que o comandante os veja naquele esforço heroico, um pouco suicida, como os lanceiros poloneses que se afogaram numa travessia com seus cavalos para demonstrar bravura a Napoleão. Che, assim como o imperador, está sentado num tronco e imerso em seus mapas, sem dar atenção ao que se passa. Quando Tuma, que não sabe nadar, comenta com uma ponta de satisfação que aparentemente um deles sumiu, o comandante é capaz apenas de lançar um olhar desaprovador à cena, antes de voltar aos "malditos mapas". Numa segunda tentativa, só Rubio consegue atravessá-lo. Na volta, os cabelos encaracolados cheios de terra, desaba no chão e, mesmo arfante, repete uma e outra vez que quase morreu, usa frases de Che, "consegui me superar... (respira fundo), vencer... os desafios... que se apresentaram... da natureza...", e espera que o comandante as ouça.

Che ordena a Marcos que construa uma jangada e o cubano decide mostrar que é o mais competente dali. Com o semblante de pedra, chama alguns bolivianos aos gritos e os põe para trabalhar. Anda de um lado para o outro olhando o relógio. Põe as mãos na cintura, urra que são uns incompetentes de merda e a Benjamin, que desabou à sombra de uma jaqueira, exausto, grita que, "em outros tempos, você teria sido executado". Chuta seus pés em carne viva, obriga-o a se levantar.

Marcos não fica satisfeito com os troncos que lhe trazem;

depois, não gosta dos primeiros projetos de jangada; Willy, nervoso, corta-se com um facão. Têm de avançar pela madrugada (Che, afastado em sua rede, escreve o diário) e, no café da manhã do dia 7, Marcos apresenta orgulhoso a embarcação; diz ao comandante, que se aproxima ainda mastigando, que é obra sua; pôs os homens para trabalhar, desenvolveu seu próprio desenho, não ficou contente enquanto não a construíssem conforme queria. Che dá uma olhada, comenta que está comprida demais, difícil de manobrar. Marcos tenta retrucar que "esse é o modelo cubano certo". Che diz que não, essa *mierda* está errada. Isso vai virar". Marcos decide usá-la assim mesmo e, antes que os bolivianos possam finalmente comer, organiza ainda aos gritos a primeira travessia. Rubio, vice-ministro do Açúcar transformado num diligente cão labrador, nada até a outra margem com a ponta de um cabo presa entre os dentes, amarra-o a uma árvore. A vanguarda, com cinco homens, faz o cruzamento em duas viagens. Depois, passam os equipamentos do grupo do centro. É Tuma quem fecha cuidadosamente a mala do comandante e a despacha com as demais. Che finge não vê-los, senta-se à beira da margem com o cachimbo, uma xícara de café e o diário. Escreve, com as letras apertadas no papel úmido, o que já disse antes; que fizeram uma balsa "muito grande e pouco manobrável".

Depois do almoço já transportaram quase metade dos rapazes. Puxam de volta a balsa vazia, outro grupo espera seu turno. Mas desta vez ela é engolida no meio do caminho, gira para o fundo do leito e os homens sentem na ponta do cabo a violência daquelas águas, moendo madeiras e cordas. Lutam para trazê-la à tona, Marcos grita para que tenham cuidado. De nada adianta; num tranco, o que restou da jangada se parte do cabo. Che abre um sorriso.

Volta a fechar a cara quando lhe informam que sua mochila está do outro lado do rio. Ordena que Joaquín construa uma segunda balsa, rapidamente, mas ele é lento e o sol se põe. O comandante tem apenas a roupa do corpo, pede mais pressa. Recomeçam a travessia às nove. Meia hora depois, o céu desaba e o trabalho tem de ser interrompido. Nessa noite, encharcado até o último fio de cabelo, Che divide uma manta com Tuma, que "escoiceou feito uma mulinha por toda a madrugada". No dia seguinte, molhado e abatido, sente o prenúncio de uma crise de asma.

A marcha recomeça. Não puderam abastecer os cantis com a água lamacenta do rio Grande nem se organizaram para coletar a chuva da noite anterior. E Benigno, desavisado, usou o que restava para fazer o café. Depois de escalarem oitocentos metros de uma parede rochosa e atingir um platô desnudo, não têm mais o que beber. No dia seguinte, encontram um rio que não consta dos mapas e, alguns metros acima, uma plantação rudimentar de milho e um casebre. Avançam, batem palmas, estabelecem o primeiro contato com um camponês encarquilhado que aparenta ter sessenta anos. É Inti quem fala, posando de líder, como se o grupo fosse composto apenas por bolivianos. Do casebre, três crianças e uma mulher barriguda os espiam. "Ficam azuis de medo ao nos ver, barbudos e maltrapilhos, com armas dos mais diferentes tipos", escreve Benigno. O camponês se chama Honorato Rojas e responde às perguntas de Inti apenas com acenos de cabeça. As crianças, um menino e duas meninas, vestem-se com sacos de estopa e têm a pele marcada por protuberâncias de berne; o garoto anda mancando em função de uma mordida de cachorro infeccionada na coxa esquerda. Um segundo moleque, que não tinham visto até então, jaz numa esteira na sombra. Tem o peito deformado e respira com dificuldade. Tomou um coice de mula há menos de uma semana e Honorato ainda não se decidiu a levá-lo a um hospital. O chiado que sai daquelas costelas esmagadas exaspera Moro, o médico cubano. Sugere que o menino seja removido imediatamente para Lagunillas, ali não há nada a fazer. Honorato dá de ombros.

Che, que está ao fundo, pede que tirem uma foto sua com as meninas. No retrato em branco e preto ele aparece sujo, o cabelo comprido escapando pelas laterais do boné, olhos obscurecidos pela aba. Perdeu muitos quilos nos últimos dias e as roupas estão folgadas. Elásticos prendem as calças na altura dos tornozelos; os coturnos, como sempre, estão desamarrados até a metade. Fuma um cachimbo com as criaturinhas no colo. Notoriamente contrário a banhos, deve estar com um terrível cheiro azedo.

Pombo tira notas de dólar de um maço volumoso e compra o que Honorato tem de milho, além de um porco gordo, que matam ali mesmo para salgar a carne. Sob as indicações do camponês, caminharão por mais dez dias, rumo a outro importante rio, o Masicurí. Só que agora o caminho é mais fechado, a trilha só pode ser feita a golpes de facão. Che come muitos pãezinhos de milho verde e tem a primeira diarreia aguda; passa todo o dia 11 sem poder engolir nada e com uma crise de asma. A carne do porco termina em dois dias e os homens não são bons caçadores. O milho, comprado de Honorato, volta a ser a única fonte de subsistência. "Saí com Marcos para encontrar algo que não fosse milho, mas não conhecemos muito bem as plantas da região", escreve Pacho. "Não aguento mais milho. Café da manhã: sopa de milho. Almoço: nada. Jantar: pasta de milho com água."

Em 18 de fevereiro, estão às margens do Masicurí; num povoado próximo, observam soldadinhos indo e vindo de uma casa caiada que serve de quartel. Ainda é cedo para o conflito, afirma o comandante, e no dia seguinte alcançam o rio Rosita. Ordena que sigam em frente, por um terreno escarpado e árido. Estão há quase vinte dias na marcha e Marcos, que mostrou insatisfação ao evitarem o exército boliviano, pergunta se já não seria hora de voltar.

— Nossa marcha era para ter vinte e cinco dias, não? Você mesmo disse... e só faltam seis... se a gente entrar por essas quebradas aí, não sei não...

Talvez não devesse ter dito ao comandante o que pensava. Pode se vangloriar de que, em Cuba, o próprio Fidel o promoveu diversas vezes, mas ali sua autoridade é nula. Che, sentindo-se desafiado, afirma que seguirão adiante. "Não aguenta mais, *compañero*?", diz, e Marcos tenta retrucar, pergunta abertamente que treinamento é aquele, em que marcham a esmo sem nunca saber onde estão. Guevara fica vermelho, dedo em riste, engrossa a voz para que todos ouçam. Diz que o treino não está completo. "Só estará quando eu disser que está. Se vinte e cinco dias não forem suficientes, vocês marcharão por mais trinta, quarenta; um ano, se for o caso." Para mostrar quem manda, escolhe os piores caminhos encontrados pelos batedores. Até Benigno sente dificuldades. "A natureza nos bloqueia a passagem", escreve no dia 19. "Somos obrigados a retornar em nossos passos", no dia seguinte. "Continuamos a andar praticamente sem rumo, procurando uma saída nesse círculo infernal coberto de arbustos espinhosos, que precisamos abrir a machadadas." O próprio comandante descreve os esforços, mas deixa transparecer certo orgulho pela dor. "Dia negro para mim; eu o fiz a plenos pulmões porque me sentia muito esgotado", escreve em 23 de fevereiro. "Saímos com um sol que rachava pedras e pouco depois tive uma espécie de desmaio ao chegar a um patamar mais alto, e a partir daí caminhei somente pela força da determinação." Inti tem uma "forte caganeira", e "na madrugada anterior ouvi Marcos mandando à merda uns rapazes e, pela manhã, mandou outro".

Dois dias depois, Marcos some na mata com dois batedores e Che envia os cubanos Braulio, Tuma e Pacho à sua procura. Pacho volta horas mais tarde com a manga da camisa rasgada, ansioso para encontrar Guevara e reclamar das violências que sofreu. Choraminga como uma carpideira, Marcos-me-cortou-e-olha-só-isso-ele-me-deu-uma-machadada-e-por-sorte-não-arrancou-meu-braço-olha-só, a voz do guerrilheiro desafina, ergue o braço atingido, mas não consegue mostrar onde está o sangue. Ao regressar, Marcos o chama de bicha, mas na frente do comandante Pacho é valente e ameaça enfrentá-lo. Finalmente obrigado a intervir, Guevara deixa ambos sem jantar e faz um de seus longos discursos noite adentro, em que se refere a eles como *"comemierdas de salto alto"* e exige que se deem as mãos.

Em 26 de fevereiro, a falta de sono e as marchas forçadas debilitaram os homens. Tendo de vencer uma subida escarpada às margens do rio Grande (desconfiam andar em círculos), tropeçam, têm leves desmaios, agarram-se às rochas para não cair nas correntes logo abaixo. O jovem Benjamin, que nunca esteve tanto tempo longe de casa, reclama para os bolivianos mais próximos de dores de cabeça, pernas fracas. Vai ficando para trás enquanto os guerrilheiros sobem uma dezena de metros. "Tropeçou umas duas vezes", lembra-se Pacho, "a mochila parecia pesada demais para ele." Os rapazes se detêm para aguardá-lo; de onde está, Benjamin pode ouvir as risadas. Galga as rochas íngremes tentando alcançá-los. Marcos, rebaixado a comandante da retaguarda, desponta de uma pedra mais alta e grita que é uma bichona, travesti, índio de merda, não vão mais esperá-lo. Ao recomeçarem a escalada, Benjamin volta a ficar para trás.

Desta vez, os homens avançam demais e o perdem de vista. Quando atingem uma quebrada e o veem novamente, está longe, terminando de escalar um paredão na direção errada. Gritam para que volte, acenam. Rolando, um dos cubanos mais experientes, desce alguns metros, saltando sem esforço entre as valas, e indica para ele o caminho. Pararam novamente a marcha e do alto é possível ouvir os gritos de Che, que voltou do grupo de centro para ralhar com Marcos, *comandante de merda, faça essa sua coluna andar.* Mais abaixo está Benjamin, pálido e arfante, escorregando nas rochas. Rolando e Pacho observam quando ele toma distância para saltar sobre uma pedra a não mais de um metro dali. Respira fundo, dá alguns passos largos, mas no momento do pulo parece hesitar, estende os braços para a frente e grita de horror.

"Sumiu na fenda entre as rochas, como se tivesse sido sugado por um aspirador", lembra Pacho. "Na verdade, a fossa não tinha fundo, dava diretamente no rio."

Rolando joga as tralhas no chão, descalça as botas, pronto para pular. Mas lá embaixo as corredeiras tragaram Benjamin; nem que soubesse nadar se salvaria. "Temos agora nosso batismo de morte às margens do rio Grande, de uma maneira absurda", escreve Che nessa noite. Pombo também adiciona poucas linhas ao telegráfico diário: "Foi como no Congo". O pensamento parece contaminar todos os que combateram ao lado de Guevara na África. De como Mitoudidi, o único congolês de confiança, afogou-se no Tanganica ao deslizar de um bote de alumínio, antes mesmo de começarem os combates. Na Bolívia, a história se repete.

PARTE 2

1.

O homem sentado há meia hora no botequim em frente à rodoviária de La Paz toma um copo de café com leite e espana, sem efeito, os farelos sobre a barriga flácida. Mastiga um pedaço de pão com manteiga enquanto observa, do outro lado da rua, um ônibus das linhas Galgo que irá tomar em pouco tempo; é o argentino Ciro Bustos, e está pronto para a luta. Usa uma boina verde-escura, de poeta ou pintor, óculos de armação negra, pulôver também negro, calças de brim e botas. O casaco de couro, cheio de bolsos, está atulhado de lenços de papel, notinhas fiscais, moedas. Ouve quando o motor é acionado, o ônibus vibra e expele fumaça; ainda não há sinal de Tania. Haviam combinado de se encontrar ali, antes do embarque. Bustos deve imaginar que foi enganado, que essa história de reunir-se com Che na mata boliviana é armação de seus inimigos. Observa ao redor, mastigando o pão num gesto mecânico e lento, à procura de rostos suspeitos.

Foi contatado por Tania em Buenos Aires, encontraram-se num café na avenida Corrientes, ela tirou os óculos escuros e, como o anjo da anunciação, disse que vinha em nome de Guevara e que ele, Bustos, tinha sido o escolhido para liderar um grande movimento guerrilheiro na Argentina. Não era a primeira vez que era chamado por Che, da última lhe enviaram uma passagem a Havana, foi recepcionado com uma cesta de frutas na hospedaria governamental, esperou por duas semanas até lhe informarem que o comandante não estava em Cuba. Por que dessa vez seria diferente?

— Porque o movimento já começou na Bolívia e em pouco tempo irá se espalhar pela América — disse ela.

Viajou a La Paz no início de fevereiro de 1967. Restabeleceu contato com Tania ("procuro professora de alemão", "alemão para negócios"), recebeu dinheiro e uma passagem de ônibus a Cochabamba, e ali está ele. É o fim da madrugada, ouviu um galo cantar, não está acostumado a acordar tão cedo, na verdade mal pôde dormir de excitação e agora, ao ver que os passageiros fazem fila para embarcar, levanta-se, paga a conta, atravessa a rua correndo para se abrigar da garoa e entrega o bilhete ao motorista; decidiu que tentará encontrar Che por conta própria. Ao acomodar-se ao lado de uma criança que chora no colo da mãe, vê, nos fundos, um sujeito de cabelos cor de palha, óculos escuros e lenço amarelo no pescoço: "Um homem que parecia tão deslocado no meio daqueles passageiros quanto eu".

Partem com quarenta minutos de atraso, as janelas estão embaçadas, chove forte, a criança continua a chorar e Bustos sente odores que não conhece. Quando deixam os limites de La Paz, ouve buzinadas do lado de fora; é um carro que emparelhou com eles dando farol, alguém grita com metade do corpo para fora, o ônibus diminui e para no acostamento. Bustos está nervoso, não fez nada de errado mas enfia a mão nos bolsos, vai tirando as notinhas em busca de algo comprometedor. A porta pneumática se abre e o motorista discute com uma mulher que sobe os degraus. É Tania. "Não sou chofer de madame", reclama, e ela diz que já o ouviu, não é surda, enquanto passa pelas fileiras à procura de um assento vago. "Quando ficava nervosa, ganhava um forte sotaque alemão", dirá Bustos mais tarde. Ela avança seguida por um rapaz de cabelo ensopado e rosto vermelho, curvado com duas mochilas nas costas e uma frasqueira a tiracolo. Tania aponta uma poltrona vazia, ele percorre o corredor golpeando os passageiros de ambos os lados. Pede desculpas quando pisa num pé e Bustos nota que, pelo sotaque, é brasileiro. Tania pega a frasqueira, senta-se um pouco mais atrás e não trocam nenhuma outra palavra, como se fossem desconhecidos. "Lá estávamos nós, os quatro únicos estrangeiros no ônibus, olhando para todos os lados, sem nos falarmos. Não gostei nada daquilo", lembrará Bustos.

A chuva continua, provoca deslizamentos de terra e a viagem, estimada em oito horas, leva um dia e uma noite, com longas pausas na estrada interrompida. Insones, chegam a Cochabamba às sete da manhã seguinte. A alemã salta primeiro, acotovelando-se entre os passageiros, atravessa correndo o pátio em direção aos guichês. Os três homens se apressam, descem com as mochilas e se entreolham indecisos; parados ali entre índios e vendedores ambulantes, parecem a ponto de iniciar uma conversa. Mas decidem, por fim, manter o silêncio. A mulher volta em passos rápidos, quatro bilhetes na mão; estão atrasados para a segunda parte da viagem, a Sucre. Ela fala com um de cada vez, dá a passagem e explica os próximos passos, depois aponta para um ônibus com os motores ligados. Bustos lhe pergunta se não é o caso de serem apresentados, já que viajam juntos. A alemã o olha com desdém.

— Você, mais que os demais, devia saber das precauções que temos de tomar durante as missões.

— Mas as precauções já eram.

— Agente Bustos, eu o proíbo de questionar minhas ordens — e, num gesto brusco, enfia em sua mão uma passagem amassada, o ódio a impede de fitá-lo nos olhos. "Parecia muito tensa", dirá o argentino.

A chuva volta a apertar e mais uma vez a jornada se alonga; só chegam a Sucre às onze da noite. Exauridos, reúnem-se na saída da estação, sob um teto estreito de zinco. Os pingos grossos reverberam na cobertura; sob seus pés corre um rio de lama. Tania está pálida, as mãos tremem, falou mais de uma vez que não esperava tantos atrasos, *putamadre*, que perderam o terceiro ônibus e agora "estão encrencados". Olha para os lados, morde os lábios, resmunga, repete que não poderiam tê-lo perdido, não poderiam. Xinga novamente. Os homens, parados ali, decidem se apresentar. Ensaiam sorrisos, dão-se as mãos enquanto ela cruza os braços, olha em outra direção, como se fosse vítima de um motim.

"Tania disse que ia procurar um táxi que nos levasse até Monteagudo, que tínhamos de sair naquela noite mesmo, mas eu me recusei", lembra-se Bustos. "Falei que ela estava esgotada, que seria até perigoso continuarmos." Danton fuma um cigarro e sorri; João Batista, segundo as lembranças do argentino, fazia o que ela ordenava, mas mesmo assim resistiu a segui-la na chuva. No interrogatório, ele conta pouco dessa viagem; apenas que havia se tornado "uma espécie de ajudante" da alemã.

Os três esperam em silêncio sob o telhadinho; Bustos volta a comentar que seria loucura partirem naquela mesma noite e os outros não parecem se opor. Depois de alguns minutos, veem a figura curvada de Tania voltando debaixo da chuva, iluminada pelos postes de luz.

— Ah, que *mierda* — diz ela. Arranca sua mala das costas do brasileiro, atravessa a rua chapinhando na lama até um hotel defronte às escuras. Os três a seguem. Depois de acordar o proprietário com murros na porta, pede apenas um quarto, pois "não podem gastar dinheiro com bobagens"; está de novo com forte sotaque alemão. O dono, se estava sonolento, agora acordou de vez, tudo aquilo lhe parece muito estranho, mas entrega a chave em silêncio, observando-os enquanto sobem para o andar superior. "Deve ter pensado que iríamos fazer uma orgia", contará Bustos.

O quarto tem apenas três camas, Tania ordena que João Batista se acomode no chão. Danton desaba ainda molhado sobre o colchão fino e Bustos se senta na beirada para tirar as botas cheias de lama. Quando a agente alemã sai do banheiro, pernas grossas à mostra, a camisa desabotoada, podem ver o volume dos seios escapando do sutiã. Atravessa o quarto sem falar nada, curva-se sobre a mochila e revira as roupas. Bustos parou de puxar a bota e, como os outros, a observa. Tania pega da pilha uma camiseta mal dobrada e a joga sobre a cama. Em pé, arranca a camisa, desprende o sutiã e o joga de canto, curva-se para baixar a calcinha e os mamilos escuros giram no ar. A calcinha se enrola nas coxas, ela levanta primeiro uma perna para soltá-la, depois a outra. Estende o braço para alcançar a camiseta e a enfia pela cabeça. O processo não dura mais de um minuto, mas os homens estão congelados. Ela volta ao banheiro marchando, descalça sobre o ladrilho, apaga a luz, diz que "é hora de dormir", desliga também o interruptor do quarto e se enfia nos lençóis. Vira-se para a parede, imóvel, mas o peito arfante, entrevisto pelo filete de luz que vem do corredor, denuncia que está desperta.

Tania os acorda às 4h30, reclama que não podem perder mais tempo pois "já arrumou um jeito de seguirem viagem". Mas, quando saem na rua escura, ela os manda aguardar e parte com João Batista à procura de um táxi. Bustos resmunga, abandona as malas no hotel e volta com Danton à rodoviária onde, às seis da manhã, conseguem um copo de café com rosca velha. Tania só reaparece uma hora mais tarde, de carona num carro pequeno para os quatro. João Batista, no banco de trás, comenta que o taxista foi acordado à força e não quer levá-los a nenhum lugar muito longe. Apertam-se com as mochilas e, só na saída da cidade, descobrem o estratagema da alemã; ela disse ao motorista que vão a Monteagudo, a poucos quilômetros dali. Mas quando chegam à estrada principal — uma via de terra esburacada —, ela lhe informa que o destino final não é mais Monteagudo e sim Camiri, bem mais distante. Ele se recusa a prosseguir.

— É dinheiro que você quer, hein? Eu pago mais — e tira da frasqueira um maço de notas. Espera que o volume faça a diferença, mas o motorista o vê com pouco interesse, diz que o combinado é o combinado.

Os vidros embaçados, chuva forte na estrada, começam a bater boca. Tania o chama de *comemierda*, de *boludo*, de *tragasables*. Quando ela grita algo como "você não é homem", ele para o carro. Olha pelo retrovisor, curvado sobre o volante, e lentamente dá meia-volta na estrada. Tania arregala os olhos e por um momento parece indefesa.

— O que você está fazendo?

— Voltando.

— Voltando como?

— Voltando.

Duas horas depois da partida, estão de novo em Sucre. Danton tem pressa de partir, com receio de que o taxista os denuncie à polícia. Na hora do almoço, pegam outro ônibus e têm de pernoitar em Padilla. No dia seguinte, depois de passarem 24 horas sem trocar uma palavra, chegam a Camiri. Põem as mochilas nas costas, caminham pela cidade como turistas e os curiosos saem das casas para observá-los. Numa transversal da Plaza de Armas, há um jipe Toyota abandonado sobre o meio-fio, coberto de lama. Tania saca as chaves da frasqueira, comenta que o jipe é seu, pede que os homens atirem as tralhas no porta-malas forrado de jornais, cadernetas e roupas mofadas. A alemã tranca o veículo, amassa duas folhinhas de multa presas no limpador dianteiro e diz que, enquanto esperam o contato, podem finalmente almoçar. Conhece um bom lugar perto dali, "não muito caro". Está tão aliviada em ter chegado a Camiri que, no restaurante, faz piadas grosseiras, fala alto num forte sotaque e Bustos olha ao redor, incomodado: o garçom e duas mesas vizinhas os observam com interesse.

Depois do almoço, a alemã os deixa numa casa de dois cômodos, com alguns colchonetes espalhados pela sala. Da cozinha vem um cheiro de comida apodrecida, em latas abertas e panelas. João Batista adormece assim que despenca num canto. Acorda somente no crepúsculo, com os gritos de Tania. "Pensei que não fosse mais voltar", diz Danton, forçando um sorriso. O francês passou as últimas horas fumando um cigarro atrás do outro e, segundo Bustos, "está uma pilha de nervos". A alemã lhes informa que "houve problemas" e que só partirão às dez da noite. Jantam no mesmo restaurante — e o garçom, cada vez mais inquieto, quer saber de onde são. "China", responde a alemã, sem lhe dirigir o olhar. Na volta ao casebre, um jipe os espera. Os homens acomodam-se no banco de trás, Bustos espia o porta-malas vazio, constata que aquele não é o mesmo Toyota em que deixaram as bagagens. Pergunta a Tania o que aconteceu. Ela demora a responder; olha para Coco, o motorista, ambos hesitam. Ela fala que verão isso depois, e Coco dá a partida.

— Homens crescidos não deveriam chorar por falta de roupa — diz ela.

— Porra, não estou reclamando disso...

— E não há mesmo do que reclamar — continua a alemã, que cruzou os braços e observa fixamente o para-brisa.

Danton se curva para a frente e comenta que seria perigoso

deixar um jipe estacionado perto da praça principal, cheio de bagagens e documentos. Coco e Tania se entreolham; mostrando o relógio, o boliviano dá a entender que não podem perder mais tempo.

— Mas e nossas malas? — pergunta Bustos.

Coco indica que, assim que voltar a Camiri, mudará o jipe de lugar.

— Mudar o jipe de lugar não resolve muita coisa, *compañero* — diz Danton.

— Pegaremos as mochilas e tudo o que estiver no jipe, o.k.? — diz Tania, virando-se para trás. — Por que vocês têm de fazer tantas perguntas?

Está amanhecendo quando atingem o acampamento. João Batista se recorda do cansaço, do desespero de ver aquela "clareira no meio da mata, com homens que mais pareciam bichos, cheiro de imundície". Tania, que pouco falou com eles desde a última discussão, age como se estivesse entre amigos ao encontrar os cubanos Arturo e Antonio: sorri e fala alto, "mas em nenhum momento nos apresentou". Bustos e Danton conversam de lado, e o argentino, ao ser informado de que Che ainda não voltou de um treinamento na selva, admite que pensou em pedir a Coco para ir embora. "Não havia o que fazer ali", recordaria ele mais tarde. "Era como se eu tivesse sonhado com uma revolução, mas acordasse no meio daquela sujeira."

Desde a partida do comandante, o grupo aumentou. O sindicalista Moisés Guevara decidiu se unir à guerrilha, segundo um biógrafo, "depois de refletir sobre as ofertas iniciais feitas por Papi". Trouxe consigo sete homens que chama de "guerrilheiros natos" e está ali para negociar novos termos; quer um cargo de influência na guerrilha e uma soma em dinheiro suficiente "para reerguer suas atividades em Oruro". A verdade é que reuniu rapazes sem nenhuma experiência de combate e lhes prometeu salário e refeições, mas, enquanto espera impaciente a volta do comandante, o disfarce desmorona: eles não sabem nem ao menos armar uma rede e reclamam da falta de comida. Dois deles ameaçaram desertar, mas ainda não fugiram, pois não sabem que rumo seguir. E os quatro que cuidavam do acampamento se recusam a dividir os alimentos — algumas latas de leite condensado e milho —, que mal lhes dá para o sustento.

Moisés se aproxima de Bustos e, segurando-o pela manga da camisa, pergunta se trouxeram algo de comer. Bustos, assustado, diz que não haviam pensado nisso e aperta com mais força a sacola de mão (tem meio pacote de biscoito que não dividirá com ninguém). Procura Tania com o olhar e a encontra de cócoras, ainda faladora, revirando a valise. Ela se ergue com três maços de fotos que tirou da última vez que esteve lá, no Ano-novo. Os dois cubanos e os bolivianos Ñato e Camba parecem crianças ao manusear as imagens. Sorriem quando se veem nelas, querem guardá-las, mas Tania grita que não, e que não as tirem da ordem nem engordurem as bordas "com essas mãos de punheteiros". Sorriem novamente.

Coco ainda tem de voltar a Camiri para se encontrar com mais revolucionários que querem se unir a Che. Mas ele se demora no acampamento e, durante esses dias, o Toyota de Tania, estacionado em local proibido, é arrombado pelos homens do Departamento de Investigação Criminal, órgão do Ministério do Interior boliviano. Eles monitoram há três semanas tanto o jipe quanto as movimentações no casebre onde João Batista, Danton e Bustos passaram a tarde; acreditam ter encontrado uma rede do tráfico colombiano que atua no país. Mas, no tumulto de mochilas e papéis velhos do porta-malas, descobrem o que não esperavam: cédulas de diferentes países, passaportes falsos e duas cadernetas. Uma delas tem o endereço de todas as pessoas que Tania conhece em La Paz; a outra, escrita num texto cifrado, contém dados cruciais sobre a organização da rede urbana. Os agentes esvaziam o jipe, fotografam os documentos e repõem cuidadosamente as evidências no lugar, para evitar suspeitas. Quando Coco pega finalmente o Toyota, dias mais tarde, é seguido por agentes do governo.

2.

O coronel Humberto Rocha Urquieda, comandante da Quarta Divisão do Exército, com base em Camiri, não tem acesso ao informe do Departamento de Investigações Criminais, pois não só as duas forças atuam de forma independente, como também uma nutre ódio e desprezo pela outra. Mas na manhã do dia 10 de março ele recebe em sua sala o capitão Augusto Silva Bogado, com informações tão suspeitas quanto as encontradas no Toyota estacionado em local proibido.

O capitão tinha sido enviado à região de Tatarenda, sob ordens do próprio coronel, para averiguar uma certa propriedade de nome Califórnia, do sr. Segundino Parada, e avaliar se tinha solo propício para a extração de cal. "A existência de fornos, assim como de lenha e água nos arredores, deveria ser verificada pelo oficial para empreender uma tarefa de produção em benefício do exército", escreve nesse mesmo dia o coronel em relatório confidencial. Depois de cumprida a missão, o capitão e seu auxiliar pegaram carona numa caminhonete da YPFB, *Yacimientos Petrolíferos Fiscales Bolivianos*, "já que não tinham à sua disposição um veículo militar, devido à precariedade de meios comuns a todas as guarnições do oriente do país", escreve o coronel, que sempre arruma maneira de incluir nos relatórios o pedido de mais recursos à divisão. No trajeto até Camiri, sessenta quilômetros em estrada de terra, os militares tiveram tempo de ter uma longa conversa com o chofer e seu ajudante. Os funcionários falaram do tempo, da pequena lavoura que um deles tinha, das dificuldades econômicas e de certos homens barbudos, "armados e malvestidos, que surgiram do meio da mata". Tinham sotaque estrangeiro e "dispunham de muito dinheiro". O capitão procurou saber mais e o motorista não hesitou em contar o que viu. Eram cinco homens, que tinham aparecido no acampamento da empresa alguns dias antes, saídos "sabe-se lá de onde", com rifles e metralhadoras nas costas. A um deles o chofer tinha vendido seu par de botinas, porque estava descalço. No dia seguinte apareceram mais dois, que se molharam ao cruzar o rio e tiveram de secar a roupa e as notas que levavam consigo. "Era muita coisa; entre 40 e 50 milhões de pesos." Diziam que eram geólogos da Universidade de Potosí e usavam as armas para caçar.

— Mas caçar o quê, se por aí o máximo que se pega é um preá? — disse o motorista.

Seu ajudante falou também de outros barbudos vistos na área de Ñancahuazú. Comentava-se na região que eram mercenários gringos que haviam montado um esquema secreto de extração de cobre. Tinham comprado um sítio e "circulavam livremente por Lagunillas, bebiam em bares e faziam o diabo".

O coronel Rocha Urquieda termina o relatório, pressiona contra o papel o carimbo CONFIDENCIAL e deixa o envelope com um auxiliar. No dia seguinte, decide ir ele mesmo a Tatarenda. Já que resolveu levar a investigação adiante, escala o capitão Silva Bogado para a missão secundária, de viajar a Lagunillas e investigar o relato sobre extração ilegal de cobre. Consegue dois jipes e sete homens; fica com cinco e destina dois ao subalterno. "Não se pode brincar com esses mercenários", diz ao capitão. Em Tatarenda, não encontra nada. Conversa com funcionários da YPFB, reclama do calor, almoça com o gerente nas instalações da empresa, ouve o que já sabia. No final da tarde, está de volta a Camiri. Já o capitão Silva Bogado passa primeiro na chefatura de polícia em Lagunillas e interroga um tenente de nome Fernández, que admite ter apreendido uma pistola Browning de um tipo estranho, barbudo e maltrapilho, num casebre em Ñancahuazú. Vendo que ainda tem metade do dia pela frente, o capitão embrenha-se pela estradinha de terra e, depois de perguntar o caminho, chega à Casa de Zinco. Salta do jipe, marcha pelo descampado, bate palmas e abre a porta antes que Serapio, o boliviano manquitola, se levante do canto em que está e vá recebê-lo. Estava terminando o almoço, uma sopa empelotada de farinha (não sabe cozinhar), e é conduzido para fora. O capitão lhe faz uma pergunta atrás da outra, *seu traficante de merda*, Serapio diz que não sabia de nada e começa a chorar. Toma um safanão do oficial enquanto um soldado revista os sacos de grãos, revira as roupas, derruba a panela com os restos do almoço.

A visita dos militares surte efeito. Três dias depois, o coronel Rocha Urquieda recebe um telefonema da polícia de Lagunillas que, receosa, passa a mantê-los a par dos acontecimentos: no domingo, prenderam dois barbudos no mercado central do vilarejo. Estavam esfomeados e tentavam vender a um fazendeiro dois rifles M-1. Os oficiais tinham começado a interrogá-los, mas "agentes do Departamento de Investigação Criminal, que pelo visto circulam pela região, assumiram a custódia dos elementos e ninguém mais pôde chegar perto", escreve o coronel em novo relatório. Informa aos superiores que irá assumir o caso pessoalmente e, no dia seguinte, parte a Lagunillas com o capitão Silva Bogado e mais cinco homens. Exige a custódia dos prisioneiros, desentende-se com agentes do DIC e só no final da tarde consegue autorização para vê-los. "Haviam sido interrogados duas vezes", escreve o coronel; com isso, quer dizer que foram espancados tanto pelos policiais quanto pelos agentes. Agora, os barbudos apanham também dos militares. O interrogatório avança noite adentro e os prisioneiros insistem na mesma história que contaram antes: dizem que integram um grupo de guerrilheiros comandados por Che Guevara e têm a missão de fazer a revolução na América Latina. Fugiram porque estavam com fome, vendiam as armas em troca de comida. E não, não viram pessoalmente o comandante argentino, mas foram informados de que ele é o chefe. Apanham mais, para deixarem de mentir de forma tão descarada.

Ao final do interrogatório, o coronel e seu capitão concluem que os prisioneiros mentem e acobertam, muito provavelmente, alguma operação de refino de cocaína sob o comando de um certo Ramón, "suposto traficante argentino". Voltam ao Ñancahuazú com escolta armada e arrastam Serapio para fora da Casa de Zinco. O rapaz é jogado ao chão e os soldados, entre sorrisos, se revezam no espancamento. Apesar da falta de provas, levam-no algemado, revistam novamente o sítio e estendem sobre o teto uma bandeira vermelha, sinalização para o reconhecimento aéreo.

Os voos se iniciam três dias depois — num zunido contínuo que exaspera Antonio, o cubano designado por Che para coordenar o acampamento, mas sem experiência ou autoridade para tanto. Antes, eram apenas três rapazes sob seu comando; agora há o sindicalista Moisés e seus moleques, Tania com Bustos, Danton e João Batista, e mais dois peruanos que vieram recentemente com Coco: Chino e Eustaquio, seu assecla. Chino diz que está ali para reivindicar ajuda de Guevara ao movimento que ele mesmo fundou na região de Iquitos, e que deve partir logo que conseguir o que pretende. Assim como o sindicalista Moisés, não segue ordens, pois tem pretensões de liderança. Como também não sabe caçar, o peruano exige que Antonio divida a comida que resta. Não passam um dia sem discutir.

Além da fome, há o caso até agora inexplicado da deserção dos rapazes de Moisés. Ninguém soube da fuga e dois dias se passaram até que alertassem Antonio. Mandou que a selva fosse revirada, gritou que ou o ajudavam ou "seriam executados assim que Che aparecesse", mas só seus subalternos o obedeceram; os demais se recusaram a adentrar um terreno que não conheciam. O brasileiro meteu-se na mata, mas se perdeu por toda uma tarde, apesar de não ter se afastado por mais de vinte metros do acampamento. "Meu primeiro contato com a selva foi esse", dirá ele mais tarde. "Um labirinto de paredes móveis."

Por esses dias, Guevara parece ter encontrado o caminho de volta ao acampamento, mas seus rapazes estão cansados demais para se entusiasmarem. Há alguns dias compraram de um camponês um cavalinho esquálido que ele não queria vender. Sem comida, o sacrificaram, dividiram a carne e logo depois do banquete caíram com dores abdominais. Agora, a três dias de terminar a marcha, cruzam um rio, que acreditam ser o Ñancahuazú, e a fraqueza, a vontade de chegar, faz com que sejam menos cautelosos. A balsa com quatro rapazes se solta dos cabos, eles são lançados na corredeira e arrastados às profundezas. No final desse dia, apenas três deles voltam, sem notícias do outro, um rapaz de codinome Carlos. Procuram em vão pelo garoto durante a madrugada. "Até o momento, era considerado o melhor homem dos bolivianos da retaguarda, por sua seriedade, disciplina e entusiasmo", escreve o comandante. "Não disparamos um só tiro e já temos a segunda baixa", diz Pacho.

Quando finalmente chegam ao acampamento, compõem uma visão assombrosa; Danton ainda se lembra da "procissão de mendigos corcundas que emerge pouco a pouco da escuridão, com uma rígida lentidão de cegos". Bustos recorda-se da camisa de Guevara rasgada em tiras, joelhos magros despontando por rombos na calça. Está verde, a pele colada nos ossos, cabelo sujo e armado. Sorri debilmente, procura fazer uma brincadeira ("desculpem-nos pelo atraso"), mas se desequilibra ao tirar a mochila e precisa ser amparado por Pombo, que caminha ao seu lado. Emite um chiado asmático que silencia as conversas em paralelo. Ainda está em pé, com as mãos na cintura, e passa os olhos pelos novos rostos, procura identificar os conhecidos. Antes que faça perguntas, Papi adianta-se e aponta para Chino e Moisés, diz que são "emissários importantes" que vieram ter com ele. Os olhos do comandante se fixam por alguns segundos em João Batista. "É o brasileiro", comenta Papi, "não sei o que faz aqui." Tania avança com os braços abertos, quer dizer tudo ao mesmo tempo: os motivos de sua vinda, por que trouxe o rapaz consigo, que cumpriu sua missão. Faz menção de abraçá-lo, mas ele dá dois passos de lado. Ela para, desconcertada; deve ouvir os risinhos dos mais próximos.

Guevara reconhece Bustos, agora está com os olhos em Danton, em seguida os pousa mais uma vez no brasileiro, que tem o rosto de cera, a boca aberta como um tolo: descobriu finalmente quem é aquele homem de codinome Ramón. "Mesmo magro, pude dizer com certeza que aquele era o Che." O comandante acena com o queixo em sua direção.

— Quem trouxe esse merda? Tania?

Risadas, gritos, o comandante a procura mas ela sumiu entre os rapazes. Antes que volte o olhar ao brasileiro, sua atenção é desviada por Antonio, que trouxe uma xícara de café fumegante e tenta puxar conversa, saber como foi a jornada. João Batista, ainda parado ali, acompanha as discussões, os abraços, e percebe que está só.

3.

No seu primeiro dia de volta, Guevara pretende pôr em ordem o acampamento. Deita-se numa rede, ainda debilitado, com Pombo sentado ao seu lado como secretário particular. Quer falar primeiro com Antonio, passar a limpo os boatos que ouviu sobre deserções. O comandado está por ali, como alma penada, à espera de ser chamado. Guevara irrita-se com os curiosos ao redor, ordena que se ocupem. Regressou com dois homens a menos, sente que nesses quase dois meses de marcha os guerrilheiros não aprenderam nada e desde o início da manhã há o barulho dos aviões no céu, como mosquitos gigantes. Tania continua ansiosa por lhe falar e se aproxima sem ser convidada, senta-se no banquinho que colocaram à sua frente. Não viu, ou não quis ver, o rosto negro de Guevara; não se preparou para enfrentá-lo. Antes que possa dizer qualquer coisa, ele a chama de vagabunda, imprestável, que traz quem bem entende ao acampamento, enquanto se afundam na desorganização. "Não consigo me lembrar exatamente do que falou para ela", diz Bustos, "mas eram coisas duras e violentas, que não tinham graça nenhuma. Ela começou a tremer feito vara verde, foi embora chorando." O argentino lembra-se bem da convivência com Guevara. "Depois dos acessos de fúria, ele se acalmava e ia ler, serenamente, enquanto os caras que ele tinha punido ficavam zanzando, se sentindo uns merdas." João Batista conta que Tania, depois dessa conversa, nunca mais se recuperou. "Via os outros rindo de lado, achava que era algo com ela... poderia ser, mesmo."

Chama Antonio. O cubano transpira, a boina apertada entre as mãos, e permanece em pé, curvado com os olhos nas botas. Confirma a muito custo a notícia das deserções. Che grita que não está ouvindo, que repita, fale mais alto; sentou-se na rede atento. Antonio repete a afirmação (o comandante ainda o fita sem piscar). Sussurra, em seguida, que o exército passou pela Casa de Zinco, revistou tudo, manteve Serapio duas noites na cadeia e o rapaz está traumatizado, assusta-se à toa, temem que tente fugir numa noite dessas. O comandante pergunta *quem?*, "aquele que manca", diz Antonio. "Como? Fale para fora, *carajo!*"

— Aquele que manca.

— Pois aqui ninguém manca.

Ao ouvir detalhes da incursão militar, o comandante perde a paciência e atira o cachimbo na direção de Antonio, que não se desvia. O cachimbo lhe acerta o queixo, cai no chão e se parte. O cubano desmorona no solo para recolher as peças, tenta encaixá-las, Guevara grita que se ponha dali para fora, *saco de merda*, pula ofegante da rede e grita aos que estão por perto.

— Que está acontecendo? Que covardia é essa? Será que estou cercado de *comemierdas* e traidores? Não quero mais nenhum cagão por aqui, bando de cagões.

— Sim, comandante — balbucia Antonio e, ainda curvado no chão, estende-lhe as peças quebradas, que o argentino pega a contragosto.

128

— Ainda por cima quebrou meu cachimbo — resmunga, caindo de novo na rede.

Danton é o próximo. Conversam sobre seu papel na revolução continental. Deve deixar o acampamento, estabelecer contato com Cuba e seguir ao Brasil para se encontrar com um certo Carlos Marighella. "Ele já sabe que terá uma visita." Deve por fim viajar à Europa e obter o apoio de intelectuais de esquerda, levando uma carta a Sartre redigida pelo próprio Guevara. Danton tenta lhe dizer que tem o sangue revolucionário, sua vocação é pegar em armas e combater o inimigo "face a face", mas o argentino insiste que seu papel é longe dali. "Você parte na próxima viagem", informa.

Fala em seguida com Bustos sobre a formação de uma guerrilha na Argentina. Explica que ele deve fazer contato com três homens de confiança, Jozamy, Gelman e Stamponi, e precisa montar "uma boa linha de contato entre a Bolívia e a Argentina". "Vai ter que ser um trabalho bem feito, entende? Não como essa merda aqui, em que cada um faz o que quer." Bustos também deve partir com o próximo grupo, junto com Tania e "aquele *burgués* brasileiro que a acompanha", diz Che. "Por favor, avise-os de minha decisão."

A viagem do grupo de Tania de volta a La Paz, programada para o final de março, tem de ser adiada. No dia 22 avistam os primeiros soldados subindo o leito do Ñancahuazú e Che decide que é arriscado cruzarem com os militares no regresso a Camiri. Em particular, conversa com Rolando, cubano que comanda os sentinelas avançados. Homens fardados foram vistos com armas nos ombros, como se passeassem, e suas vozes podiam ser ouvidas a centenas de metros dali. Guevara deve se entusiasmar com a notícia; se fosse seguir o método de guerrilha que ele mesmo publicou anos antes, não combateria até que suas forças estivessem prontas nem defenderia uma posição fixa. "A guerrilha deve se misturar à mata, saltar sobre o inimigo e voltar a sumir, como uma escaramuça de fantasmas", escreveu. Mas talvez não se recorde de seu livro, ou continue enfadado pela falta de atividade, pois designa o próprio Rolando para organizar uma emboscada rio acima.

Na manhã de 23 de março está deitado na rede, com uma xícara de café no colo, quando Coco surge ofegante com uma mensagem da linha de frente. Precisa de tempo para recuperar o fôlego, veio correndo sob as ordens de Rolando para avisar que enfrentaram o exército, há mortos e feridos. Che salta da rede, parece animado, diz que Coco é como Fidípides na batalha de Maratona, que percorreu quilômetros correndo para dar as boas-novas da vitória. O rapaz o fita perplexo, tem medo de ser punido por não compreender algo fundamental. O comandante se irrita, isso sim, quando Coco confunde as informações, não sabe ao certo quantos eram, nem o número de mortos e capturados. "Fidípides de merda, você", diz ele. Uma hora mais tarde o grupo da emboscada aparece com catorze prisioneiros em fila indiana, unidos por uma corda no pescoço, à maneira de escravos. São muito novos e se amedrontam com os barbudos de cheiro forte; um soldado chora, pede que não o matem, é filho único. Tania caminha pela fila com sorriso largo, pergunta por que lutam ao lado de imperialistas. São porcos da ditadura, marionetes, peões de um governo corrupto. Um ou outro guerrilheiro, sentindo-se encorajado, se aproxima da fila e repete os insultos que aprendeu pela metade: imperialistas, porcos, marionetes, peões. Alguns gritam e desafinam, Inti parece aprovar o que dizem, às vezes lança um olhar incerto a Che e se assegura ao vê-lo inalterado, cachimbo remendado na boca.

Entre os prisioneiros há um major e um capitão, que são separados para interrogatório e "falam como papagaios". Quanto aos outros, examinam seus documentos e ordenam que fiquem apenas de cueca. A seguir são amontoados em uma clareira com as mãos na cabeça. Recebem água, os feridos são tratados por Moro. Che não quer economia de medicamentos, pretende mostrar que têm tudo de sobra, estão prontos para um longo combate na selva.

Os soldados passam a noite na mesma clareira, com cãibras, a pequena fogueira não é suficiente para vencer o gelo da madrugada. Pela manhã, são mais uma vez dispostos em fila e o próprio Che, que não aguentou se manter anônimo, diz que serão soltos e terão dois dias de trégua para buscar os mortos.

João Batista, recolhido a um canto, não participou dos insultos no dia anterior nem se manifesta quando, sob risadas, os soldados voltam a ser amarrados pelo pescoço. Sua hesitação é notada por Inti, que passa a chamá-lo de burguês; o apelido logo se espalha entre os cubanos, que parecem desprezá-lo. O que lhe resta é a companhia de quatro bolivianos do sindicalista Moisés, chamados pelos outros de "o refugo". Passam os dias deitados como lagartos, alimentam-se de restos, pensam em fugir. "Eu esperava apenas a hora de ir embora dali", lembra-se o brasileiro.

Os soldados são encontrados febris numa estrada de terra entre Camiri e Lagunillas. No dia seguinte, viram notícia: haviam sido enviados numa patrulha de rotina, não esperavam emboscada. A história provoca uma reação violenta da Quarta Divisão do Exército. O capitão Augusto Silva Bogado, com meia dúzia de soldados, volta ao Ñancahuazú e arromba a Casa de Zinco. Quem está lá, desta vez, é o índio Salustio. Arrastam-no pelo cabelo, dão-lhe botinadas sem fazer perguntas. É algemado e, na cidade, falará o que sabe. Fazem uma segunda parada na casa do vizinho Ciro Algarañaz. O homem, que naquele momento consertava um trecho de cerca com o capataz, um vallegrandino de nome Rosales, levanta-se sorridente, estende a mão, mas não tem tempo nem de cumprimentar; agarram-no pela camisa e o puxam sobre a cerca, é chutado, pisado, cuspido. Derrubam também o capataz e, como tenta reagir, partem-lhe a cabeça a coronhadas. Morre antes de chegar a Camiri; alguns dias depois, será apresentado à imprensa como suicida. Algarañaz ficará nove meses na prisão. Nesse período, até as portas de sua casa serão roubadas.

Che, no acampamento, festeja a primeira vitória sobre o exército e, com os homens reunidos, escolhe um nome para a guerrilha: Exército de Liberação Nacional da Bolívia, o ELN. Ainda não souberam da ofensiva militar à Casa de Zinco, pois têm dificuldades em enviar e receber informações. Contavam com dois radiotransmissores americanos da Segunda Guerra Mundial, ligados a um gerador a gasolina, mas, como os escondiam em buracos úmidos, em contato direto com a terra, um deles parou de funcionar em janeiro e, em março, as válvulas do outro queimaram. Loro, enviado a Camiri em busca de peças de reposição, ficou sabendo que só poderia encontrá-las em Santa Cruz. Foi à cidade, tomou banho na rodoviária, cortou o cabelo e se embebedou (não aguentava as privações da selva). Arrumou briga, gastou parte do dinheiro para sair da prisão, voltou a beber e gastou outra parte para que uma indiazinha, que atendia no balcão, lhe desse uma chupada nos fundos do bar. Depois de beber novamente, perdeu outra parte da verba numa rinha de galos. Regressou ao acampamento sem dinheiro e sem as válvulas, cabelo e barba aparados, com uma história fantástica sobre policiais corruptos que o limparam no caminho. Ficou um dia sem comer, castigo considerado brando pelos demais. Os radiotransmissores, por sua vez, foram abandonados nos buracos. Os guerrilheiros possuíam também um aparelho de radiotelegrafia, mas não sabiam operá-lo. "Teríamos nos virado melhor com telefones de barbante", escreve Pacho em seu diário. Dependem agora de um rádio de ondas curtas, trazido por Che para ouvir as notícias da Rádio Havana, e é nele que sintonizam, nessa noite, as transmissões locais acerca do combate. Barrientos, em entrevista coletiva, explica que se trata de um "ato subversivo de comunistas" e Guevara, que acompanha as notícias satisfeito, fita o chão com sorriso irônico. O ditador alega, no entanto, que muitos deles "foram abatidos pelos bravos soldados do exército boliviano". Nesse momento o comandante fecha a cara e, ao ouvir que Barrientos fala em quinze guerrilheiros mortos e quatro feridos, esmurra o aparelho de ondas curtas, derruba-o no chão e sai pisando firme até sua rede. "Era de fabricação soviética", relata Pacho, "e muito resistente."

Balançando-se na rede no dia seguinte, pés para fora e o rádio ligado ao seu lado, o comandante ouve, nos repetidos boletins, uma notícia que o preocupa; entre os guerrilheiros, afirma o radialista, há cubanos, franceses, peruanos e uma mulher, possivelmente agente comunista, que se infiltrou "nos mais importantes meios sociais de La Paz". Seu nome ainda é mantido em sigilo pelas autoridades, que esperam efetuar prisões nas próximas horas. "É evidente que os desertores falaram, só não se sabe exatamente o quanto disseram e em quais circunstâncias", escreve Che. "Tudo parece indicar que Tania está comprometida, com o que se perdem anos de trabalho bom e paciente. A saída deles é muito difícil agora."

As informações sobre a guerrilha, no entanto, não foram obtidas ao se interrogar os desertores, mas sim em uma agenda deixada por Tania no Toyota abandonado em Camiri. Ela traz nomes, endereços e telefones de todos os seus conhecidos, em um texto cifrado, mas de fácil decodificação. Em La Paz, as detenções começam nesse mesmo dia, primeiro por Mariucho, o mais fácil de ser localizado. É pego na saída da universidade, levado ao quartel de Villaflores, espancado, afogado numa tina e eletrocutado. O pai e o irmão mais novo também são detidos, numa incursão do DIC em Oruro. Permanecerão presos por seis meses, sem direito a defesa.

Invadem também a pensão de Alcira Dupley de Zamora e, no quarto de Tania, confiscam papéis, fotografias e fitas com gravações de cantos indígenas. A proprietária é algemada e só não passa a noite na prisão por ter amigos influentes no governo. Interrogada, defende Tania, afirmando que a conhece muito bem e, se viaja com frequência, é porque conduz "estudos de folclore". Entre os papéis apreendidos, encontram uma foto da alemã ao lado de Barrientos, em almoço na embaixada argentina, o que os leva a concluir, erroneamente, que havia se infiltrado em seu núcleo de conhecidos.

Os líderes da rede urbana, ao ouvir as notícias sobre prisões e interrogatórios em La Paz, deixam a cidade e encerram oficialmente as atividades clandestinas, que, na prática, haviam cessado desde a perda de contato com a guerrilha. "Quando soubemos que o exército fechava o cerco, tememos pelo pior", dirá Rodolfo Saldaña, anos mais tarde, em exílio no Chile.

À noite, o comandante reúne os visitantes. Coco e Papi, motoristas, estão sentados num canto, enquanto ele caminha com baforadas no cachimbo. Não tira os olhos das botas enquanto resume o que ouviu no rádio. O disfarce de Tania foi descoberto, não sabe como, provavelmente por conta daqueles "bolivianos de merda". Reclama que está cercado de incompetentes, para com as mãos na cintura e os fita; não dizem nada. Prossegue: em vista do que deve estar se passando lá fora, Tania, Bustos, Danton e João Batista não poderão mais deixar a guerrilha, pelo menos até que a situação fique mais clara. Espera outro momento, continuam calados. No diário, escreverá: "Tive a impressão de que a notícia não agradou nem um pouco a Danton".

Bustos finalmente pede que Che explique melhor essa história de "não deixar a guerrilha". Pergunta como poderá fazer contatos na Argentina. Danton acende nervoso um cigarro. "Achei que aquilo não podia durar; que era uma brincadeira, talvez um teste. Fiquei calado", lembra-se João Batista. "Tania tinha tapado o rosto com as mãos, fazendo força para não chorar, e foi a primeira a sair dali."

A alemã é quem mais sente a decisão do comandante; quer lhe falar a sós, mas ele se recusa. Revira-se durante a noite e, de madrugada, tem calafrios. Pela manhã Moro é chamado para atendê-la. Está largada na rede com respiração ofegante, diz que sente náuseas, recusa-se a comer e tem febre. O médico comenta reservadamente a Antonio que não é nada grave; apenas reflexo do medo. Por volta de meio-dia, a notícia se espalhou por todo o acampamento. De onde está, talvez possa ouvir as risadas, os comentários. Se parecia tão valente antes e falava pelos cotovelos, por que agora está cagando nas calças? No final da tarde, tem vômitos e desmaios, chora a intervalos, mas ainda não conseguiu que o comandante a receba.

Danton ensimesmou-se e escreve copiosamente. Em seu caderno de notas, descreve uma atmosfera tensa. Discutem à toa, das táticas a seguir à divisão desigual da comida; Che, segundo ele, é um comandante taciturno que mantém pouco contato com os rapazes. "Isolado, sentado na rede, fumando um cachimbo, sob uma coberta de plástico, lia, escrevia, pensava, tomava mate, limpava o fuzil e à noite escutava a Rádio Havana. Ordens lacônicas. Ausente." Bustos passa os dias rondando a rede do argentino, ansioso por notícias. "Cada um deles se fechou num canto, mas eram amigos do Che", dirá João Batista. "Tinham comida, eu não." O brasileiro candidata-se para incursões na selva e, se as primeiras tentativas se mostram um fracasso, sua insistência chega, provavelmente, aos ouvidos do comandante. Em 29 de março é escalado para uma patrulha liderada por Benigno. Tem a primeira refeição decente em semanas e, momentos antes da partida, dão-lhe um fuzil.

4.

Nos primeiros dias de abril um DC-1 prateado e sem insígnias aterrissa no aeroporto militar de Santa Cruz, trazendo um homem magro e grisalho, óculos espelhados. Usa uniforme verde-oliva e mochila de campanha, é esperado por militares bolivianos em farda completa (medalhas, quepes, botas lustrosas). O coronel Andrés Selich adianta-se para saudá-lo. Aquele que cruza a pista de pouso é o major Ralph W. Shelton, o Pappy, boina verde do Exército norte-americano, perito em guerra de guerrilhas, recém-saído do Vietnã. Caminham até o galpão principal, trocam sorrisos e poucas palavras. Shelton faz parte de um programa de longo prazo entre Estados Unidos e Bolívia, firmado dois anos antes pelo então embaixador Carl Johnson contra o avanço comunista na América Latina. É um acordo politicamente custoso a Barrientos, que teve de distribuir verbas e cargos aos generais de extrema-direita, refratários a qualquer ajuda internacional.

Teve também de se encontrar com o mentor intelectual do grupo, para quem prometeu o cargo de gerente geral da recém-criada Compañia Transmarítima Boliviana em troca de apoio. Era um alemão que vivia com a mulher e os dois filhos num sítio bem guardado a 150 quilômetros de Santa Cruz e atendia pelo nome de Klaus Altmann. Mas tanto os militares quanto seus vizinhos sabiam que aquele senhor baixo e meio calvo, circunspecto e bem-educado, escondia um passado inglório. Altmann era na verdade Klaus Barbie, oficial nazista foragido da Alemanha depois da Segunda Guerra Mundial. Vivia desde 1951 na Bolívia, acobertado pelos militares e muito influente nos círculos do poder.

Para se encontrarem, Barrientos empreendeu uma viagem insólita, só confirmada décadas mais tarde pelo pesquisador Ernesto Galvéz em sua desorganizada e redundante história em cinco volumes da guerrilha boliviana. Ele apresenta uma entrevista de 1998 com o ex-secretário particular de Barrientos, Carlos Miraflores. Já octogenário, nem sempre lúcido, Miraflores confirma que o encontro existiu e que ele foi a única testemunha, apesar de não fornecer nenhum detalhe relevante em função de já estar sofrendo, nessa época, de uma doença degenerativa que o levaria à morte no ano seguinte. "Barbie realmente vivia no sítio de La Pedrita e nos recebeu com muita cordialidade", declarou ele a Galvéz.

Viajaram com escolta reduzida. A falta de indicações naquele labirinto de caminhos obrigou a comitiva a parar mais de uma vez para perguntar a direção. Os agentes de segurança ficaram do lado de fora; o general e seu secretário caminharam pelo gramado até o terraço da casa colonial em que o açougueiro de Lyon os esperava. "Riu, perguntou se havíamos tido dificuldade para encontrar o caminho", lembra-se Miraflores. "Tinha um aperto de mão frouxo." O diálogo a seguir se encontra no quarto tomo da obra *El Che en Bolivia*.

"*Pergunta*: O que ocorreu lá?

Miraflores: Klaus Barbie tinha uma empregada negra e muito gorda que nos trouxe café.

Pergunta: Algo mais?

Miraflores: Bolinhos de chuva.

Pergunta: E então?

Miraflores: O presidente pediu que eu me afastasse, não queria ser perturbado. Deixei que conversassem na varanda. Fumei um cigarro com os seguranças. Era uma vista muito bonita.

Pergunta: O que mais?

Miraflores: Klaus Barbie estava de negro. O presidente usava um traje de montaria.

Pergunta: De que cor?

Miraflores: Cáqui.

Pergunta: O que Barbie disse?

Miraflores: Que apoiava a decisão. Os americanos eram bons de serviço."

O ex-secretário podia estar delirando ao dar essas respostas a Galvéz, mas é fato que, nesse período, a ala radical aceitou a ajuda norte-americana e aprofundou a colaboração com outros países. No final de 1965, oficiais bolivianos estiveram no Brasil e no ano seguinte na Argentina, para fechar acordos de treinamento conjunto em regiões de fronteira, venda de armas e a contratação de professores para ministrar técnicas de tortura nas escolas militares de Santa Cruz e La Paz.

Agora, em 1967, Pappy Shelton, o primeiro oficial americano a desembarcar no país, vem com a missão de criar uma unidade completa de *rangers* bolivianos em seis meses. Desde o enfrentamento na selva, o Exército exige prioridade no treinamento de uma divisão especializada no "combate a subversivos". No mesmo dia de sua chegada, o americano tem uma reunião com membros do Estado-maior. Décadas mais tarde, em seu livro de memórias *My Struggle for Freedom* [Minha luta pela liberdade], dedicará um capítulo inteiro à Bolívia. "Pedi que o coronel [Andrés Selich] confirmasse se aquele combate tinha realmente ocorrido, e quantos eram os guerrilheiros", relata Shelton. "Confirmou, e admitiu que os sobreviventes falavam de uma força entre duzentos e trezentos homens, que haviam saído da mata e atirado com precisão. No mesmo momento concluí que não passavam de trinta gatos-pingados, que até o final do ano estariam liquidados. Mas aquele coronel, típica figura de ditaduras latino-americanas que tentávamos inutilmente ajudar, mantinha a cara fechada e parece não ter acreditado em uma única palavra do que eu disse."

O capítulo de Shelton sobre a Bolívia, maçante na maior parte das vezes, torna-se grandioso quando ele deixa de lado as minúcias do treinamento e o perigo soviético (publicado nos anos de 1980, o livro ainda alertava sobre a ameaça de um inverno nuclear) para se dedicar a descrever as pessoas que conheceu no país. De particular interesse é a figura de Barrientos, "sujeito impulsivo e de pequena estatura". "Quando estava em reunião com subalternos, gritava tanto que o rosto ficava púrpura. Chamava-os de comedores de merda, *tragasables* e outros nomes que eu nunca tinha ouvido antes", escreve ele. "Eu só ficaria sabendo anos mais tarde que o lendário Che Guevara comandava os homens com a mesma truculência."

A sós, continua Shelton, o general era um homem sorridente, mas "dado a fantasias exóticas. Parecia obcecado com uma história que haviam lhe contado, de que Butch Cassidy e Sundance Kid haviam sido enterrados numa cidadezinha boliviana chamada San Vicente. Ele me dizia: 'Você, que é americano, deve saber dessas coisas'. Comentava que havia feito pesquisas anteriores e em breve montaria uma expedição para procurar os restos mortais".

O escritor Bruce Chatwin, viajante inglês dado a devaneios, menciona em um de seus livros o episódio. Cassidy, depois de um período inicial roubando cavalos no meio-oeste americano, e de cumprir dois anos na prisão estadual do Wyoming por um assalto que não cometeu, arregimentou pistoleiros e com eles assaltou trens entre 1896 e 1901. Acossados pelos agentes da Pinkerton, Cassidy, Sundance Kid e Etta Place fugiram para a Patagônia, onde montaram um entreposto comercial. Entediados, assaltaram bancos entre 1905 e 1907 e, no ano seguinte, estavam na Bolívia, trabalhando para um certo Siebert numa mina de estanho em Concordia. Teriam morrido em San Vicente, em dezembro de 1909, cercados pelo exército boliviano num palacete de adobe, depois de terem roubado o pagamento destinado aos mineiros. Segundo Chatwin, Barrientos montou uma primeira expedição até San Vicente, onde revolveu o cemitério e enfureceu moradores. Não encontrou nada; conforme se falava na época, enganou-se de cidade. Os foras da lei teriam sido mortos numa San Vicente em Potosí, não em Cochabamba. Indignado com a insatisfação popular, mandou que os corpos fossem misturados e enterrados ao acaso. Não mexeu mais com tumbas.

Shelton não é o único reforço norte-americano a pisar na Bolívia neste abril de 1967. Uma semana depois de sua chegada, desembarcam no mesmo aeroporto militar dois homens de pele morena, cabelos negros, roupas civis e sotaque cubano. O mais magro, de bochechas sulcadas e bolsas sob os olhos, chama-se Gustavo Villoldo e atende pelo codinome de dr. González. Natural de Trinidad, Cuba, fugiu aos Estados Unidos com o irmão mais novo e a mãe logo depois do golpe de Fidel. O pai, produtor rural e político de centro-direita, ficou para trás na esperança de salvar a propriedade, foi preso na fortaleza de La Cabaña e executado. Desde cedo, Villoldo envolveu-se nas operações clandestinas da CIA. Participou da invasão à baía dos Porcos e se tornou, posteriormente, especialista em técnicas de interrogatório e tortura. É para isso que vem à Bolívia. O outro, 1,80 metro, um pouco acima do peso, olhos pequenos no rosto redondo, é Félix Rodríguez. Assim como Shelton, escreveu décadas mais tarde um livro de memórias em que narra sua missão na Bolívia. Recorda-se, com certa nostalgia, do casarão de Sancti Spiritus, onde nasceu e cresceu; da empregada Minima que, já avançada em anos, precisava de um pajem que a auxiliasse; das extensas plantações de cana-de-açúcar da família; da bem-sucedida carreira política do pai, homem empreendedor, católico, de ideais liberais; do mar azul na praia de Varadero, onde passavam as férias de verão. Com doze anos, decidiram enviá-lo numa viagem de estudos à América. Não queria separar-se dos pais, pediu para ficar. No alto, "as nuvens deslizavam pelo céu azul violeta, como num filme acelerado". Félix se lembra bem desse dia. Seu pai balançou a cabeça, disse:

— Filho, deixe-me esclarecer algumas coisas. Você ainda é jovem e não percebe o que significa estudar fora de Cuba. É muito importante.

— Por quê? — perguntou o garoto. — Aqui temos tudo de que precisamos.

O pai observou o céu.

— Você está certo, Félix. Aqui temos tudo, mas nada é para sempre.

Em setembro de 1954, o garoto foi matriculado na escola preparatória de Perkiomen, em Pennsburg, Pensilvânia. Cinco anos depois, em Cuba, o governo de Batista caía enquanto a família excursionava de férias pelo México. Impedidos de voltar à terra natal, acompanharam a distância a espoliação de seus bens. O rapaz tinha então dezessete anos e decidiu se unir a expatriados que planejavam invadir Cuba com o apoio do ditador Trujillo, da República Dominicana. Partiu contra a vontade do pai, participou de treinamentos, a verba era escassa e pela primeira vez passou fome. A iniciativa de invasão se desfez enfraquecida por disputas internas e Félix não chegou nem a deixar o acampamento. Na volta aos Estados Unidos, prometeu aos pais que levaria uma vida normal. Terminou o curso secundário e, em 1961, quando deveria ingressar numa faculdade, filiou-se mais uma vez ao serviço clandestino anticastrista. Diziam que as operações seriam pagas por um rico exilado cubano, ex-produtor de açúcar, mas sabiam, desde o início, que aquele senhor, que mal se movia na cadeira de rodas, era o testa de ferro do serviço de inteligência norte-americano. Félix começou com operações de vigilância e espionagem; seguiu para Cuba, onde passou dois meses infiltrado numa cidade costeira, captando transmissões codificadas de Havana. Em 1964, obteve permissão para visitar o pai, que agonizava num hospital privado de Miami, consumindo os últimos recursos da família. Aquele homem, outrora atlético, jazia no leito como um tapete velho e em duas semanas estava morto. Ajoelhado ao seu lado, Félix prometeu destruir o regime que deixara a família em tamanha penúria. "Eu tinha 26 anos, era pai de duas crianças e, como muitos de meus companheiros exilados, estivera em guerra por quase uma década", relata ele.

Na Bolívia, sua principal função é treinar os militares em técnicas de guerrilha e espionagem. Antes de desembarcar no aeroporto militar, teve tempo de ler um informe sobre o primeiro embate entre o exército boliviano e os "homens da selva". Desconfia, pelos detalhes, que os soldados foram vítimas de uma emboscada cubana clássica, em prática desde os anos de 1950. Foi informado, também, sobre desertores que confessaram participar de uma guerrilha composta por estrangeiros. Ele e o dr. González pretendem interrogá-los; suspeita que por trás desses prisioneiros exista algo maior, contra o qual vem se preparando há tanto tempo.

5.

Pelas notícias que ouvem no rádio, é como se o exército cercasse o acampamento e fechasse aos poucos o garrote; na noite anterior, souberam que o antigo proprietário do sítio de Ñancahuazú, dom Remberto Paredes, fora preso, suspeito de ações subversivas. Quando voltaram à Casa de Zinco, sob ordens de Guevara, soldados montavam guarda. Trocaram tiros, os rapazes da guerrilha recuaram, Loro diz que matou um dos sentinelas, mas tem fama de bêbado, os outros não confirmam. Pela manhã, é comum ouvirem o zunido de aviões de reconhecimento voando baixo, e desconfiam que cedo ou tarde serão avistados. Assim fica Che por dois dias, paralisado, sem saber se deve ou não se mudar. No terceiro, decide que é preciso sair dali com urgência. Põe todos para trabalhar, retirando aparelhos, mantimentos e fotografias das covas, cobrindo-as, transportando tudo para um novo acampamento, *El Oso* (porque ali caçaram um tamanduá, *oso hormiguero*, e dele fizeram guisado). Trabalho frenético; no diário, Pacho escreve que "há dias não dormimos nada". Che grita com os homens, Marcos açoita um boliviano que caiu de cansaço,

Inti promete punir os fracos com rigor. Desorganizados, delirantes, não chegam a retirar todos os documentos do meio da terra.

Às 3h30 de uma segunda-feira, o trabalho está aparentemente completo, mas os rapazes não têm tempo de descansar, pois Che, ainda atormentado pela falta de segurança e estimulado pela pressão que ele mesmo criou, ordena que iniciem uma marcha naquele exato momento. Todos devem arrumar as mochilas para a partida. Tania diz que não pode acompanhá-los, insiste em que precisa voltar a La Paz, mas não lhe dão ouvidos. Ela cai no chão como se desmaiasse, depois chora, espera inutilmente uma conversa com o comandante, as pernas tremem. "Como vou caminhar com febre?", balbucia, com filetes gordos de catarro descendo pelos lábios.

Tomam a rota que margeia o rio Ñancahuazú e seguem em fila indiana, muito próximos uns dos outros. Os líderes da vanguarda, do centro e da retaguarda gritam para que mantenham vinte passos entre si — como estão, tornam-se alvo fácil para o inimigo —, mas os bolivianos não aprenderam nada e os visitantes não querem se perder. Atingem o trecho onde travaram o primeiro combate; os raios de sol filtrados pela copa das árvores pontilham o solo com luz. Estão calados, impressionados com o que veem: os soldados não vieram retirar seus mortos. Dos sete cadáveres, restaram apenas "esqueletos perfeitamente limpos", escreve Che, "nos quais as aves de rapina exerceram sua função com toda responsabilidade". Passam circunspetos por aqueles ossos brilhantes de tão alvos, estirados sobre a camada de folhas podres, sequências inteiras de peças e articulações presas umas nas outras, mandíbulas escancaradas, como se sorrissem. "Bonecos de uma aula de anatomia", recorda-se Pacho, "que me assombram em sonhos."

O silêncio é quebrado por gritos e soluços; Tania, que segue no final, acabou de ver os ossos. Caminha amparada pelo cubano

Alejandro, que também vai ficando para trás, com suspeita de malária. Ele precisa se esforçar para não deixá-la cair no chão, ela o arranha enquanto grita. Moro corre para ajudá-la, pede que se acalme. O comandante avisou que não vai parar por causa dos doentes.

A marcha os leva à Casa de Zinco. Guevara, mais uma vez contrário aos próprios ensinamentos, decidiu que é preciso retomá-la. A vanguarda, liderada por Benigno, chega ao local às 8h30 e fica à espreita de qualquer movimento no casebre. Uma hora mais tarde, surge o grupo central. Cercam a casa de pau a pique e, ao sinal de Che, os rapazes da vanguarda saem da mata com rifles em punho, curvados em passos rápidos. Benigno dá um chute na porta, grita *filhos da puta, saiam daí*, some da visão dos que aguardam de fora. Quando volta, carrega o rifle nos ombros, acena que está tudo tranquilo. Reconquistou a casa sozinho, sem um único tiro; o exército a abandonou alguns dias antes. Deixaram para trás um saco de milho estragado e nacos de carne podre pendurados do lado de fora. Para os que ainda passam fome, é um desleixo do exército, e um presente; disputarão os pedaços a tapa.

Decidem almoçar ali mesmo. Benigno esquentou água para o mate, Che está tomando o chimarrão, de cócoras, com João Batista, Bustos, Danton e o peruano Chino em pé ao seu redor. Diz a eles que têm três opções. Podem permanecer na guerrilha e abraçar a luta armada; abandoná-la naquele mesmo momento e seguir pela estradinha de terra; ou esperar mais um ou dois dias e seguir com Tania, que o comandante já decidiu despachar quando passarem perto de um vilarejo. João Batista está indeciso, não diz nada. Chino pretende ficar mais alguns dias, viu que o comandante carrega maços volumosos de dólar e quer apoio em dinheiro à sua guerrilha peruana. "Bustos e Danton elegeram a terceira", escreve o argentino. "Amanhã tentaremos a sorte."

No dia seguinte, tomam uma fazendola. Os guerrilheiros saem em disparada da mata de forma desorganizada, depois de Che tentar pôr ordem na linha de ataque, formando três flancos. "Parecem índios, gritam e correm em círculos ao redor das cercas", escreve ele. Há apenas um peão, que dorme na soleira de entrada, chapéu de palha sobre o rosto. Ao ouvir os gritos, salta esperneando e foge para a selva; Che não quer que acertem civis, mas os homens atiram a esmo, apesar de suas ordens de cessar-fogo. Assustado, o peãozinho tropeça numa raiz, cai de cara no chão e, antes que possa se levantar — a boca cheia de sangue e terra —, dois homens pulam sobre ele. Ainda tenta fugir, ergue o rosto e toma um safanão de Marcos, que vinha logo atrás. Inti aparece em seguida, com palavras de ordem. Ajoelha-se ao lado do prisioneiro e pede que não tenha medo, vieram libertar os camponeses do jugo capitalista. Che Guevara não saiu de entre as árvores, lamenta-se com a mão sobre o rosto, provavelmente pensa no trabalho que ainda terá para adestrar aquele bando de feras. O peãozinho cospe sangue. Ao fundo, o ex-sociólogo Loro corre atrás de uma galinha, para diversão de um grupo de bolivianos.

O exército, nesse mesmo dia, volta a percorrer o rio Ñancahuazú e encontra o acampamento recentemente abandonado. Segundo testemunhas, os cães o farejam à distância, por causa das fossas sanitárias mal cobertas. Os homens da Companhia A, liderados pelo major Ruben Sánchez, são os primeiros a chegar. Da clareira principal, acenam para os aviões de reconhecimento e, confundidos com guerrilheiros, quase são retalhados por uma bomba que explode a não mais de quinhentos metros dali. "*Putamadre*, que me matam do coração esses bandidos", diz o major Sánchez, arfante, ao suboficial.

O militar identifica pontos de sentinela, uma cozinha, área dos dormitórios, troncos em forma de mesa e, em todo o perímetro das instalações, trincheiras concêntricas, "como se os guerrilheiros estivessem se preparando para uma guerra de posições". Tropeçam nas covas que serviam de esconderijo e, em pouco mais de uma hora, descobrem os documentos deixados para trás: diários, mapas, fotos e negativos embolorados. A mania de Che pela fotografia havia se espalhado entre os subalternos. Nas semanas em que estiveram ali, foram enquadrados em todos os afazeres diários, posaram com armas em punho, sorridentes. Três álbuns, de um laboratório de revelação da Kodak em La Paz, chamam especialmente a atenção. São imagens feitas por Tania durante sua breve visita no final de 1966: Arturo deitado sobre a relva, tentando sintonizar o rádio; Benigno e Marcos almoçando em marmitas de alumínio; Moro deitado sobre mochilas, observando Pombo e Braulio em primeiro plano; Miguel e Inti sorrindo nas pedras de um rio. A imagem mais comprometedora é encontrada dentro de um saco de lixo, presa com elástico a um maço de notas fiscais e papéis amarelados. Foi feita nos primeiros dias de Che no acampamento. Ele está em primeiro plano, sentado no solo coberto de folhas, ainda careca e de óculos, os braços apoiados nos joelhos. Ao fundo estão Pacho, Loro, Tuma e Papi. A imagem, que inicialmente chama pouca atenção da Companhia A, é a primeira evidência do argentino na Bolívia.

Em 10 de abril, Barrientos decide que é hora de divulgar os progressos do exército e o governo convida um grupo de jornalistas a visitar o local. Com total liberdade para explorar o terreno, os repórteres logo encontram uma fossa camuflada, maior que as anteriores, "sob uma plantação de hortaliças perto de onde devia ficar a cozinha". Contém enlatados, peças de reposição dos radiotransmissores e mais documentos. Héctor Pracht, do diário chileno *Mercurio*, relata a descoberta de munições fabricadas na República Dominicana, jornais argentinos antigos, latas de leite condensado norte-americanas e um maço de fotografias fora de foco, entre as quais há uma de Guevara ainda sem barba, mas já fardado e com cachimbo. O jornalista Murray Sayles, da Associated Press, descreve mais fotos, armazenadas em vidros de compota, além de "uma cópia do discurso de Vo Nguyen Giap, dobrada cuidadosamente, com anotações a lápis nas margens do papel". Um boliviano de nome Ugalde, "fotógrafo da presidência", encontra um diário, cartões-postais e outras imagens, escondidas numa lata de metal na cozinha.

Guevara ouve de cara fechada as primeiras notícias sobre a descoberta do acampamento e o possível envolvimento de cubanos na guerrilha, "incluindo membros do alto escalão do governo de Fidel Castro". Estão nas margens do mesmo Ñancahuazú, acampados a alguns quilômetros dali. O comandante, segundo seus homens mais próximos, passa a madrugada acordado, lendo e fazendo anotações. Quase pela manhã recebe El Negro, que acabou de chegar de um posto avançado, onde montava guarda, com a notícia de que viu quinze soldados subindo o rio. Se o destacamento continuar na trilha, irá cair na emboscada montada por Rolando, cubano mais experiente do grupo, que liderou o primeiro combate. "El Negro partiu no mesmo instante para levar minhas ordens", escreve Che. "Não havia outra coisa a fazer a não ser esperar."

Os sete homens sob as ordens de Rolando passaram a noite dispostos nas duas margens do rio, revezando-se na vigia. Ele dorme pouco, caminha entre os guerrilheiros como assombração, mal pisca os olhos de coruja enquanto escuta os sons da mata. Estão comendo a primeira refeição do dia quando El Negro chega e passa as instruções de Guevara; Rolando acorda os que estão fora do turno, coloca os homens em posição e se deita atrás de uma grande pedra de onde pode ver a curva do rio. Em sua direção marcham os homens da segunda seção, liderados pelo tenente Luis Saavedra Arambel. Os soldados ouviram as histórias do confronto com "homens barbados, da cor das árvores", mas é como se fosse um relato fantástico, sem ligação com o cansaço e a sede, os pés molhados, mosquitos e ordens inexplicáveis, de percorrer um rio na madrugada sem saber o que procuram. Estão exaustos, carregam as armas com displicência, fazem barulho ao se deslocar pela água. Cansados demais para ver, por exemplo, a cabeça loira de Rubio, mal escondida atrás de uma rocha a alguns metros da corredeira. Não veem também Pedro agachado na quebrada do rio, semiafundado no lodo. O soldadinho que segue na frente, a alguns passos do tenente Saavedra, vira o rosto para a margem direita e estanca ao encontrar a forma de um negro, congelado como animal de tocaia, o branco dos olhos arregalados e grudados nele. O soldadinho não chega a gritar, apenas abre a boca; Braulio dá dois disparos e o rapaz cai de costas no rio. Tiros começam a zunir de ambos os lados, soldados são derrubados, se arrastam. Os que estão mais atrás largam o peso das mochilas e são vistos em fuga, protegendo a cabeça. O tiroteio não dura mais de um minuto, e lá está o tenente Saavedra, boiando com um tiro na cabeça. Um soldado aperta a mão ensanguentada na barriga, tentando segurar o intestino. Há mais dois jogados de lado, imóveis. Um quarto rapaz, em estado de choque, treme agarrado a uma pedra e levará coronhadas para ser desgrudado dali.

Os guerrilheiros também tremem, os braços parecem de chumbo. Alguns finalmente sorriem ao perceber que acabaram de passar pelo batismo de fogo. Mas Pedro começa a chamar e cambaleia na água; quando eles se aproximam, ele aponta a um canto. É o corpo de Rubio, jogado atrás da pedra musgosa, sacudindo nos últimos reflexos involuntários, baba de sangue na boca e olhos brancos. Agacham-se, falam ao mesmo tempo, gritam seu nome e o sacodem. Tem um buraco na têmpora esquerda, a orelha direita arrancada na saída da bala. Ninguém sabe dizer se nesse intenso mas curto combate algum militar conseguiu revidar. Lembram-se apenas de uns caindo, outros gritando em fuga.

Fazem silêncio enquanto as cabeças se enchem de hipóteses. Rolando está agachado ao lado do corpo, ponderando de onde a bala poderia ter vindo. Não querem pensar que Rubio foi abatido pelo fogo cruzado entre as margens do rio. Que Rolando, esse experiente comandante, tenha disposto uns contra os outros, e por sorte não haja mais baixas. Braulio é o primeiro a dizer que sim, que acha que alguns soldados atiraram de volta. O silêncio que vem em resposta é suficiente para desmenti-lo, mas essa é a versão que levarão a Guevara, ao arrastarem Rubio de volta ao acampamento. Depositam o corpo já duro aos pés do comandante. "Os joelhos estavam dobrados numa posição estranha, para dentro", lembra-se Bustos. "Assustados com todo aquele sangue, tensos com a batalha, haviam se esquecido de fechar os olhos do cadáver." A reação de Che é fria. Questiona um dos soldados capturados (o outro, delirante, não sobreviverá ao final do dia), mas não consegue nada de relevante. Calcula que, assim que os sobreviventes forem encontrados, outro destacamento será enviado pelo mesmo percurso. Pede a Rolando, portanto, que monte uma nova emboscada, desta vez uma centena de metros rio abaixo, "para pegar os soldados desprevenidos", diz ele, "num ponto do Ñancahuazú que consideram seguro". Quer um massacre. Rolando está extenuado, talvez com o peso do fracasso nas costas, mas aceita a missão. Se quer carnificina, a terá.

A volta dos sobreviventes causa alvoroço entre os militares. "Alguns giravam os olhos, como possuídos; outros vomitavam assim que paravam de caminhar", dirá o major Ruben Sánchez, da Companhia A. É ele o escolhido para liderar o novo destacamento. Os subtenentes Jorge Ayala e Carlos Martins o acompanham, um na vanguarda, outro na retaguarda. Partem de peito inflado, alardeiam que irão esmagar o inimigo "até que não sobre mais nada". Duas horas depois, foram subjugados pelo sol e pela dificuldade de marchar ao longo do leito. Na ânsia de sair com equipamento leve, constatam que têm pouca comida, caso sejam obrigados a pernoitar na mata. Caminham aos tropeços, escorregam nas pedras do rio. Ayala, seguindo à frente da vanguarda, pergunta a todo momento a um cabo — o único sobrevivente que concordou em levá-los até o local da emboscada — se ainda falta muito para chegar.

— Falta — responde o cabo. É a última coisa que diz antes da chuva de balas que o derruba, derruba também o subtenente Ayala, tiros "que pareciam vir de todas as direções, como se as árvores disparassem contra nós", recorda-se o major Sánchez. Ele está a uma dezena de metros da vanguarda e também desvia dos tiros, pula para trás de uma pedra enquanto os homens continuam a cair. Um relatório do exército indicará que o major, "ao considerar inútil qualquer resistência em função do terreno desvantajoso em que se encontrava, ordena a rendição de sua gente. O subtenente Martins", da retaguarda, "foge desordenadamente".

No final desse mesmo dia, o comando, sem receber notícias da última expedição, decide enviar um terceiro destacamento, liderado pelo tenente Remberto Lafuente Lafuente. Já é noite quando encontram os fugitivos da retaguarda caindo pelo rio, gritando por ajuda. Cauteloso, talvez com medo, o tenente monta uma linha de defesa ali mesmo; alega que assim poderá evitar um ataque surpresa dos guerrilheiros. Passam a noite entocados, sem sequer acender um cigarro, apesar de receberem pelo rádio ordens para avançar. Só reiniciam a marcha no dia seguinte. Ouvem vozes à frente e no mesmo momento congelam. Só não disparam porque, conforme dirão mais tarde, os que se aproximam oferecem uma estranha visão: são homens de cueca que acenam, marcham em fila indiana liderados por um gordinho, Sánchez. Está exausto, fala pouco. Não tiveram chance contra aqueles homens, diz ele, que não saíam da tocaia enquanto disparavam e, na mata, eram invisíveis. Capturados, ele e os 22 sobreviventes passaram a noite em claro, interrogados por pessoas de "sotaque estranho". Desaba numa pedra, aceita o cantil que o tenente lhe oferece. Num suspiro, entrega ao superior papéis dobrados que carregava no elástico da cueca. São duas cópias do primeiro informe do ELN, ditado dias antes por Guevara. O tenente Lafuente Lafuente lê aquelas linhas apertadas, escritas numa cuidadosa letra redonda em papel pautado, sobre a primeira vitória contra o exército: "Os guerrilheiros da liberdade triunfarão sobre o jugo capitalista e sanguinário". Dobra novamente os papéis, enfia-os no bolso. "Bando de filhos da puta", comenta o tenente, olhando a mata ao redor. "Escrevem como meninas." Outros xingam a floresta, em desafio. Mas a bravura não os impele rio acima. Nesse momento, já são onze mortos e Lafuente Lafuente, oficial de carreira, talvez não queira ser o próximo.

6.

Depois de percorrer desde as seis horas da manhã o rio Ikira, afluente sazonal do Ñancahuazú, os guerrilheiros chegam ao pequeno povoado de Bellavista. O grupo está reduzido, Che deixou Pedro e mais dois cuidando de Tania e Alejandro, que, com febre alta, atrasavam a marcha. Ouvem, pelo rádio, que "os norte-americanos anunciam o envio de assessores à Bolívia, mas que isso responde a um plano antigo, não à ação das guerrilhas". "Quem sabe não estamos assistindo ao primeiro episódio de um novo Vietnã", escreve Guevara.

O grupo tornou-se instável; Papi foi acusado de reservar mais munição para si e, questionado pelo comandante, diz que "bolivianos não sabem atirar". Benigno, o chefe da cozinha, reclama que lhe roubaram quatro latas de leite condensado, o culpado se recusa a aparecer. Num primeiro acesso de fúria, Che grita que vão ficar sem comida até que o ladrão se apresente; terá de revogar a ordem horas mais tarde, quando cubanos e bolivianos se estapearem na troca de acusações.

Sem comunicação com Cuba, escreveu uma carta cifrada,

em que relata os frequentes problemas da guerrilha e pede uma série de medicamentos e artigos de primeira necessidade, rabiscando na margem esquerda a quantidade de cada item, como se fizesse uma lista de supermercado. Precisa que a carta chegue a Fidel, conclui que o melhor a fazer é confiá-la aos estrangeiros que desejam abandonar a guerrilha. Como acredita que furou o cerco do exército e que é hora de liberá-los, entrega a carta a Danton, com o segundo informe do ELN.

Bellavista tem apenas seis casebres de pau a pique. Os guerrilheiros despontam entre os galhos secos, de folhagem poeirenta, "como os mortos se levantando no Juízo Final", se lembrará uma índia. As velhas fazem o sinal da cruz, mulheres gritam, abraçando os filhos. Uma menina de quatro anos começa a chorar quando do Benigno sorridente se aproxima dela, balbuciando coisas de criança com forte sotaque estrangeiro. Estende os dedos para tocá-la, consegue desviá-los a tempo de evitar a mordida. "São camponeses pobres e estão apavorados com nossa presença", escreve Che. Não sabe que o exército esteve ali dias antes, vasculhou os casebres, chutou os camponeses, confiscou comida, ameaçou quem fizesse contato com a guerrilha. Um sargento desdobrou um papel que levava no bolso e o leu em voz alta (lentamente, pois não tinha o hábito da leitura): "Os guerrilheiros são paraguaios, estupram as mulheres, enforcam os homens nas árvores ou os prendem e levam consigo para que carreguem suas mochilas, roubam os animais e as plantações, incendeiam as casas. Eles vêm semear o comunismo paraguaio em nossas terras".

Os rapazes estão exaustos da longa marcha, o argentino consente em lhes dar meia hora de descanso. Papi retira água do poço, mas não tem prática e a água potável fica lamacenta. Rolando se estira debaixo de uma mangueira, com as roupas para secar nos galhos. Marcos e Aniceto, conversando e rindo, urinam com jatos fortes na parede barrenta dos fundos de uma casa. Outros gargalham ao ver uma velha sair chorando de um casebre, agitando as mãos assustada. Atrás dela surgem os peruanos Chino e Eustaquio, mascando um pedaço de toucinho. Reclamam que não encontraram nada melhor na cozinha. Bustos, com fome, decide imitá-los. Entra em outro casebre e volta momentos depois raspando a crosta de uma panela. Loro pergunta à velha, que precisou se sentar, onde está a cana, a bebida.

— Porque vocês gostam mesmo é de uma birita, não é?

Inti conversa com um camponês grisalho e raquítico, talvez o patriarca. Negociam a compra de milho, batatas e um porco doente amarrado a uma estaca. É a única comida que têm, o velho responde; não sabem o que significa o dinheiro, ali tudo é feito na base da troca. Inti insiste, o índio balbucia, numa mistura de quéchua com espanhol, que podem levar tudo, levem tudo, menos as meninas.

— Ora, homem, aceite o dinheiro! — exalta-se Inti, que não entendeu nada, o maço de pesos na mão. Diz repetidas vezes que estão ali para ajudar os camponeses, livrar a Bolívia do jugo opressor. É a vez do velho não entendê-lo. Ao fundo, estouram novas gargalhadas e ambos se viram; é Loro, que passa, como de hábito, correndo atrás de uma galinha. A velha sentada voltou a chorar, que não matem sua galinha, é tudo o que têm, implora piedade aos barbudos, são pobres, só querem levar sua vida. O velho grita para que ela se cale, está petrificado, pensa talvez que serão todos mortos, mas ela prossegue, que não merecem tamanho sofrimento, pelo bom Deus. Ele cansou de pedir que cale a boca, caminha alguns passos e lhe acerta um tapa na cara. Os guerrilheiros protestam. Inti range os dentes e sussurra que isso não se faz com as mulheres, avança, segura o velho pelos braços e o sacode com força, ele estala como um saco de ossos.

Benigno escreve que a visita ocorreu sem incidentes, mas precisaram "prender três ou quatro camponeses, muito assustados, e soltá-los quatro quilômetros adiante, para que não tivessem tempo de correr e avisar os militares".

De Bellavista, Che decide marchar ao vilarejo de Muyupampa para deixar Danton e Bustos. Tania, que ficou para trás no grupo dos doentes, em nenhum momento é mencionada pelo comandante e muito menos pelos dois visitantes, que provavelmente não querem arrastá-la consigo (Bustos chega a mencionar que precisam de "agilidade no deslocamento"). É curioso que João Batista, até então indeciso, não esteja entre eles. Aos interrogadores, dirá que optou por ficar na guerrilha depois de um diálogo com Che. "Foi a primeira vez que falou apenas comigo, perguntou se eu estava disposto a seguir na luta. Não havia como recusar." Mas não há registro dessa conversa no diário de Guevara.

O comandante, neste momento, divide o grupo em dois. O agrupamento maior, de 29 homens, ficará com ele; os outros dezesseis, sob o comando de Joaquín, deverão esperar sua volta. Joaquín é seu guerrilheiro mais velho, dos que têm sofrido com as marchas. E o grupo que passa a comandar não pode ser mais heterogêneo: reúne os doentes, os preguiçosos e os insubordinados, como Marcos, que ainda não aceita o rebaixamento. "Mandei buscar [o sindicalista boliviano] Moisés e seus quatro refugados para que ficassem com Joaquín", escreve Guevara. "Ordenei que não façam movimentação excessiva e nos esperem durante três dias, ao final dos quais devem permanecer na zona, mas sem combater frontalmente, e aguardar nossa volta." Tania só fica sabendo que a guerrilha foi dividida no dia seguinte, quando ela, Alejandro e os demais se reencontram com Joaquín e não veem sinal de Guevara e seus homens. "Marcos precisou ameaçá-la com um facão para que parasse de gritar", dirá Paco, boliviano do refugo, mais tarde.

Guevara não acredita que a separação será longa. Na entrada de 17 de abril, relata apenas que devem voltar a se encontrar em três dias. Está, agora, no comando de trinta homens. A marcha recomeça às 22h, com pausa de meia hora às 4h. "Estamos há vários dias sem dormir", indica Pacho. Danton, prestes a deixar a guerrilha e preocupado com a posteridade, acumula material para um futuro livro. "Uma lua crescente recorta as sombras entre os vãos da folhagem", escreve ele. "Seguimos em fila indiana por um arroio seco ao fundo de um cânion fechado, depois de desviarmos em um descampado. Nós: quatro homens, os demais se perderam." Devem caminhar separados entre si, mas no breu é tão fácil sair da trilha que se agrupam como coágulos. "Confusão, medo, cansaço, sede. Coisas ao acaso, sensação de absurdo. Marchamos como cegos."

A trilha se bifurca e Pablo, que segue à frente do comandante, estanca.

— Vamos por onde?

— Por onde você quiser, *cabrón*, desde que a gente não pare — diz Che, entre suspiros asmáticos.

Na manhã seguinte estão nas cercanias de Muyupampa. Reagrupam-se perto de um casebre habitado por índios guaranis que mal falam espanhol. Benigno, no comando da vanguarda, está chocado com a pobreza. "Não possuem animais, a não ser quatro cachorros tão magros que não têm nem energia para latir." Mais uma vez, revistam os pertences dos índios, querem comprar o que há de comestível. Inti se aproxima do proprietário, um homem desdentado.

— Boa-tarde — diz Inti.

— Boa-tarde, *señor*.

— Aqui não se diz *señor*, companheiro. *Señores* são aqueles que humilham os menos favorecidos.

O índio dá de ombros, espanta uma mosca. Olha de relance para dois guerrilheiros que deixaram o casebre com um pote de farelo de milho. Ao fundo, Che e Rolando discutem a melhor forma de se aproximar do povoado, quando são surpreendidos por três camponeses com uma mula que vêm pela trilha de Muyupampa. Os camponeses passam olhando o chão, não querem ver as fisionomias daqueles barbudos para não se comprometer, mas Inti grita que parem, coloca-se no caminho, na falta do que perguntar pede que mostrem os documentos, como se fosse do exército. Guevara, que ouviu tudo, fecha a cara, comenta com o cubano Rolando que "comanda um bando de merdas". Rolando ri. Inti os ouve e parece inseguro, mas não tem tempo de prosseguir o interrogatório: duas índias carregando um saco de milho nas costas despontam também pela trilha, em sentido contrário, e são detidas por Benigno. Che decide, finalmente, que é preciso reter aquelas pessoas por algum tempo, para que não espalhem a notícia de que estão ali. Prosseguem pela manhã, "parando os camponeses que vinham em ambas as direções do cruzamento, e com isso conseguimos um amplo e sortido número de prisioneiros", escreve o comandante.

— São comunistas paraguaios — sussurra uma índia de chapéu-coco. Inti corre até ela e grita que não, pergunta onde ouviu aquilo. Ela se cala como pedra. No final da manhã ainda estão ali e Che parece indeciso, conversa com Benigno e Rolando, não sabe se vale a pena se aproximar do vilarejo. Os passantes se aglutinaram em grupos, conversam de cócoras, fazem negócios, jogam dados. Crianças riem num pega-pega. "Alguns camponeses aparecem só para nos ver; outros, para vender seus produtos", escreve Benigno.

Pouco depois do meio-dia surge um americano comprido e falante que causa alvoroço, avança gesticulando apesar dos fuzis apontados, seria baleado se Bustos não tivesse pulado com os braços estendidos e pedido, em inglês, que estancasse ali mesmo. O estrangeiro tira o gorro de lã e saúda Willy e Pablo, que não bai-

159

xaram as armas e estão pálidos (nunca atiraram). O americano tem lentes grossas, de armação negra. Não tira o sorriso e parece não entender nada. É levado até Inti. Guevara, deitado numa rede ali perto, cachimbo na boca, tem os olhos pregados na figura. O boliviano pede seu nome, pergunta quem é, o que faz ali. Nenhuma resposta. João Batista e Bustos se interpõem e, com um inglês parco, assumem o questionamento. Seu nome é George Andrew Roth, jornalista, não conseguem traduzir o restante.

— Está chapado — diz Bustos, virando-se para Guevara.

Na mochila que carrega a tiracolo, encontram uma muda de roupas, linha de pesca, pesos mexicanos, pastilha contra enjoo, lanterna sem baterias e um mapa da América Central, que os homens rasgam por acidente. "Seus documentos pareciam em ordem, mas havia coisas suspeitas: o passaporte estava riscado na profissão de estudante, que havia sido trocada pela de jornalista (em realidade, disse ser fotógrafo)", escreve Che. "Mas não tinha máquina e sua fala era incompreensível."

— *How you find we?* — pergunta João Batista.

— Porra, maluco, em Lagunillas todo mundo sabe que vocês estão aqui.

— *Who bringed you?*

— Esses dois aí, *gente maravilhosa* — diz, referindo-se a dois moleques que apontam rindo para ele com gritos de *el loco, el loco.* "Che me cobrava respostas precisas, mas eu não entendia nada", dirá mais tarde o brasileiro. Às vezes Roth fica sério, como se um pensamento atravessasse seus olhos. Ajeita os óculos, respira fundo. Mas, ao tomar fôlego para falar, a insanidade reaparece. "O que eu vi, *cara*, todas aquelas coisas e os milicos... deixavam a gente fuçar *tudo*. O acampamento de vocês?"

— Que porra, então todo mundo sabe onde estamos, todo mundo vasculha nossas coisas? — grita Che para João Batista, como se ele fosse o culpado. "É a mesma história de sempre", escreverá o comandante. "A indisciplina e a irresponsabilidade dirigindo tudo."

Alguns biógrafos prefeririam excluir o americano desta história. É figura estranha à narrativa, que já sofre de inverossimilhança. Mas, como não podem ignorá-lo, procuram hipóteses para explicá-lo. Para Jon Lee Anderson, "até os dias de hoje, Roth continua sendo um personagem indecifrável". Já Paco Ignacio Taibo sugere que, entre os dias 8 e 10 de abril, antes do encontro com os guerrilheiros, Roth tenha se reunido com agentes da CIA em La Paz, onde foi instruído a espalhar nas mochilas um pó desenvolvido para ser farejado por cães treinados; o governo cubano até hoje corrobora essa versão. Mas Daniel James, outro biógrafo, é mais veemente ao afirmar que Roth era, na verdade, Jamie Abbott, também conhecido como Fumaça Preta, membro dos Merry Pranksters, hippies ligados ao escritor pós-beatnik Ken Kesey. Em um de seus livros, Tom Wolfe fornece mais detalhes sobre Abbott: foi visto pela última vez em janeiro de 1966, comendo cogumelos selvagens à beira da piscina de um resort decadente em Puerto Vallarta, no México. Usava apenas sunga e roupão atoalhado. Estavam fugindo com Kesey para evitar que fosse preso por reincidência no porte ilegal de drogas. Alguns voltaram aos Estados Unidos, outros se estabeleceram no México. Os remanescentes desceram cada vez mais pela América Central. Em outubro de 1966, uma jovem de corpo roliço conhecida como Garota da Montanha podia ser vista trabalhando de garçonete na Cidade do Panamá. Não é de todo inviável, diz James, retomando de onde Tom Wolfe parou, que Abbott tenha continuado sua jornada até a Bolívia. Os pesos mexicanos e o mapa da América Central comprovariam sua tese, refutada duramente desde então.

Inti quer amarrar o americano a uma árvore, mas Danton, que nesse momento está ansioso para partir, sugere que o usem como álibi e expõe seu plano a Guevara. Se Roth afirma ser jornalista, "podemos dizer que estávamos juntos e tentávamos entrevistar você". Bustos não tem tanta certeza, comenta que o americano está muito chapado para tentar qualquer coisa. Che deixa que discutam até chegarem a um acordo. No final, escreve ele, "Bustos aceitou de má vontade, e eu lavei as mãos". Entregam a Roth uma cópia do segundo informe do ELN, tentam explicar o plano da melhor forma possível, mas ele não parece prestar atenção, entretido com a folha que lhe deram.

A epopeia dos três é breve. Esperam na mata até a madrugada do dia seguinte, faz frio e se irritam com Roth, que não consegue parar de bater os dentes e reclamar; temem que chame a atenção do exército. Despontam no vilarejo por uma estradinha de terra, em breve o sol vai nascer e podem distinguir o vulto de alguns casebres. Sabem que são observados por índios já despertos, calados na escuridão de suas casas. O americano não enxerga bem e resmunga cada vez que tropeça. Ao longe um cachorro late, incita o latido de outros, o vilarejo todo parece acordar. Ouvem rosnados mais próximos e Bustos teme ser mordido. "Estávamos cercados de soldados, com risco de vida, mas naquele momento eu só pensava em como arrumaria vacina contra raiva naquele fim de mundo", dirá ele anos mais tarde. Danton ouve ruído de vozes à frente, pula na mata, se esconde, vê que o argentino o seguiu, mas não Roth. Alguém grita, passos apressados, xingamentos e a inconfundível voz retumbante do americano. O que vem a seguir é confuso; tanto Bustos quanto Danton têm dificuldade em rememorar os detalhes. Roth sumiu. Estão de volta à estrada, amanhece. Passam por um trecho de capim alto, não veem mais nenhuma casa. Depois, a silhueta de mulheres com cestos na cabeça. Discutem uma história convincente, caso sejam capturados; na curva seguinte, berros, fuzis engatilhados, terror. Foram presos, são conduzidos por quatro soldados que ainda tremem depois do incidente. Roth está novamente com eles, mãos atadas nas costas. "Somos tratados sem muita animosidade", escreve Danton. "No pátio do pequeno comissariado, o cura da vila veio dar-nos as mãos; um jornalista amador tirou fotos do grupo enquanto atravessávamos a praça. Um tenente repartiu conosco o café e o pão que os moradores haviam trazido aos soldados." Julgam-se salvos.

7.

Os guerrilheiros voltam a sentir o cerco do exército. Ao cruzar um descampado, dois aviões AT-6 surgem detrás de um monte, passam em rasante e despejam suas bombas. "Uma delas caiu a cinquenta metros e feriu muito levemente Papi com um estilhaço", escreve o comandante. "Com essa pontaria, não corremos risco." Cruzam uma estrada que leva a Ticucha. Precisam se deslocar com mais rapidez e Guevara pede que Rolando, no comando da vanguarda, apreenda um caminhão, quer chegar ao vilarejo no início da noite. Demoram muito a escolher um alvo e, quando o fazem, no final da tarde, parando um veículo da YPFB, demoram muito para retirar o motorista e seu acompanhante da boleia, depois para remover tambores e ferramentas da caçamba coberta, e em poucos minutos surge na curva da estrada um ônibus tricolor atulhado de passageiros e víveres. Benigno o para e ordena que todos desçam, para exaspero do comandante, que vê a história se repetir: índias e crianças desconfiadas, velhos reclamando e ambulantes "tentando vender suas tralhas". De cócoras, mascando um pedaço de capim, acompanha a tudo lívido, sem dizer palavra. Quando uma caminhonete se aproxima, com mais três pessoas, e os guerrilheiros ordenam que saiam com as mãos ao alto, levanta-se impaciente. Pede a Rolando que acelerem com isso, deixem tudo para trás. Sobe no caminhão da YPFB, fecha a porta, cruza os braços e espera. Pombo tira uma foto sua nesse momento, imortaliza o rosto barbudo e compenetrado, encoberto sob a aba do boné, a pele manchada de sujeira.

Pararam agora uma charrete e Papi avalia os cavalos, acha que podem ser úteis, sabe que o comandante gosta de montarias. O condutor reage, Loro lhe acerta uma coronhada e ele cai no chão com o supercílio aberto. Papi não tem jeito com animais e o cavalo empina, relincha e se enfia no capinzal. Loro se dispõe a ir buscá-lo. Outra carroça se aproxima.

São quase oito da noite e ainda estão na estrada. Encontraram um casebre vinte metros adiante e Benigno, auxiliado por dois bolivianos e João Batista, prepara o jantar com os mantimentos apreendidos no ônibus; estão atarefados, é comida para muita gente. Che deixou a boleia e escreve o diário sob a luz de um lampião. Dos barracos mais além no capinzal, ouvem latidos, cada vez mais numerosos, estão cansados depois de cuidar por toda a tarde dos prisioneiros, não suspeitam que aquilo é sinal de que homens se aproximam pela mata. Quando Rolando termina de carregar o caminhão e Benigno serve os primeiros pratos de milho cozido, ouvem os disparos. As mulheres, as crianças, os guerrilheiros, todos gritam. "Uma confusão dos diabos, a estrada tomada de gente correndo, ouvia os tiros mas não via os soldados", lembra-se o brasileiro. Há camponeses caídos na estrada, alguns gemem e se arrastam, os rapazes atiram de volta, têm mais chance de matarem uns aos outros que o adversário. "Estávamos descuidados e eu não tinha ideia do que se passava", escreve Che. Papi põe o caminhão em movimento, outros combatentes montam nos poucos cavalos e mulas, saem como podem entre os últimos zunidos de bala. A operação do exército será posteriormente criticada pelo coronel Gary Prado Salmón, autor de um livro sobre a campanha. "Em vez de cercar a casa e esperar o amanhecer, ou pelo menos bloquear as rotas de fuga, a companhia, a uma distância de cem metros ou mais, abre fogo." Che também considera a batalha um desastre. Foram indisciplinados e negligentes, e um dos guerrilheiros, o boliviano Loro, não está entre eles quando se reagrupam nas cercanias de Ticucha, às 3h30. O comandante também lamenta a perda de um pacote de 2 mil dólares, que sumiu da mochila de Pombo durante o combate. "Sem contar que fomos surpreendidos e batemos em retirada por um grupo que devia ser pequeno. Falta muito para fazer disso uma força combatente, ainda que a moral esteja alta."

Em 25 de abril, um destacamento de sessenta soldados, liderado pelo major Ives de Alarcón, está novamente em seu encalço. Dois pastores alemães, Rayo e Tempestad, puxam os batedores, farejando o rastro forte de suor e sujeira desses homens. Os guerrilheiros, que descansavam na beira de um arroio, mal têm tempo de organizar a emboscada. Guevara assume o comando, seleciona alguns homens e os dispõe nos dois lados de um caminho que leva direto ao acampamento improvisado. É uma trilha que corre em paralelo ao riacho, em mata fechada, com visibilidade de não mais de cinquenta metros. Às 11h25, segundo relatório do exército, Rayo e Tempestad encontram o rastro recente e seguem pela trilha, acompanhados por dois adestradores e um guia civil. A uma dezena de metros vem o subtenente Freddy Balderrama, conduzindo a vanguarda. Che dirá mais tarde que viu os animais se aproximarem; "estavam inquietos, mas não parecia que nos haviam detectado". Mira em Tempestad, dispara e erra. O cão salta no ar, o fuzil emperra no segundo tiro, Che está esmurrando a culatra de seu M-1 enquanto os demais guerrilheiros, liderados por Rolando, fazem jorrar as balas na trilha, retalham os cães e seus treinadores, esmigalham a cabeça do camponês. Mas os tiros vieram cedo demais, a vanguarda não caiu na emboscada e os soldados do subtenente Balderrama, ainda que assustados, estão prontos para o contragolpe. Abrigaram-se nos lados da trilha e, ao sinal do oficial, respondem o fogo. As balas voam sem direção, os guerrilheiros estão presos na própria armadilha, atirando de volta, não têm tantas balas para desperdiçar. O grupo principal do exército se une à vanguarda e em pouco tempo são sessenta soldados contra não mais de dez guerrilheiros.

Che monta uma retirada que se transforma em correria e fuga, tem sorte de não enfrentar um grupo mais preparado. Os soldados, moleques ainda, começaram a comemorar assim que cessaram os tiros e não entram mata adentro. Os guerrilheiros conseguem voltar ao acampamento e, dali, seguem em frente pela selva, buscando os caminhos mais estreitos. No deslocamento, Che é informado que Rolando, muito ferido, vem carregado logo atrás. "Trouxeram-no exangue e morreu quando foram ministrar-lhe plasma", escreve o argentino. "Uma bala havia partido seu fêmur e todas as veias da perna; foi-se em sangue antes que eu pudesse fazer algo. Perdemos o melhor homem da guerrilha e, naturalmente, um de seus pilares." No final desse "dia negro", enterram o corpo de Rolando numa cova rasa, Inti faz um discurso sobre o "pequeno homem de aço". Che não os acompanha. Está retirado, escrevendo à luz do lampião.

8.

Os agentes Félix Rodríguez e dr. González estão prestes a partir para Camiri e interrogar dois homens recém-capturados, Danton e Bustos, quando são informados de que há mais um prisioneiro que acabou de cair na mão dos militares. Chama-se Jorge Vázquez-Viaña, codinome Loro, é boliviano, filho de um eminente cientista político e, mantido na delegacia de Monteagudo, vem sendo torturado dia após dia. Quem comanda o interrogatório é Andrés Selich, coronel linha-dura que, apesar de acompanhar os americanos na Bolívia e ter a missão de ajudá-los "no que fosse possível", pretende conduzir uma investigação por conta própria e estar sempre um passo à frente desses "forasteiros de merda". Quando os cubanos o encontram, Loro está à beira da morte. "Quase perdemos uma fonte importante de informação graças a militares truculentos e obtusos", dirá Félix. O guerrilheiro confessou pouca coisa, seu maxilar está quebrado e ele mal pode falar. A história de sua captura é reconstituída pelos civis que o arrastaram até o vilarejo, amarrado num espeto "como um porco-do-mato".

Perdeu-se da guerrilha durante o combate de 22 de abril. Andou sem rumo até quase chegar a Ticucha e, faminto, ainda com o rifle, assaltou um camponês que carregava lenha, tomou-lhe as poucas moedas que tinha, roubou suas roupas e as vestiu no lugar da farda. No segundo dia, provavelmente ainda sem comer, invadiu uma tapera em que viviam uma índia e sua neta. A velha diz que o homem espumava e não falava coisa com coisa; comeu "um pouquinho de sopa de milho que tínhamos no fogo" e amarrou a menina ao pé de uma mesa para "abusar de sua honra". A avó tentou impedi-lo, gritou, levou uma coronhada. No casebre seguinte, espancou um garoto e saiu com uma garrafa de aguardente, disparou contra um camponês que tentou impedi-lo. Mais tarde, cruzou o caminho com o sargento Guillermo Tórrez Martínez e o soldado Miguel Espada, do segundo regimento de infantaria, baseados em Monteagudo. Os militares estavam de licença, mas é capaz que Loro tenha pensado que iam em seu encalço, pois os esperou de tocaia numa curva da estrada e, quando passaram, crivou-os de balas. Morreram nesse mesmo dia, a caminho do hospital.

Sua trilha já era conhecida de todos. Roubou uma galinha e a comeu crua; o estômago, desacostumado com as proteínas, reagiu mal. "A gente podia sentir por quilômetros o cheiro de merda que ele deixava pelo caminho", relatou um camponês aos soldados. Agarrá-lo foi fácil. Jazia desfalecido numa quebrada quando três índios surgiram da mata (mais habilidosos que a guerrilha) e saltaram sobre ele.

Iria morrer naquela cela se os agentes não o tivessem descoberto e conseguido que fosse removido no dia seguinte para o hospital militar de Taperillas. Ao acordar, é informado de que está sendo tratado num hospital civil, depois que "grupos de direitos humanos se manifestaram contra sua prisão arbitrária". Na parede, adiantaram o calendário para o final de junho e

Loro, sob efeito de drogas, de nada desconfia. Félix se passa por médico. Diz que a guerrilha está às portas de La Paz; Barrientos, "prestes a cair". Numa segunda noite, Félix menciona um jornalista panamenho disposto a ajudá-lo. Na terceira, revela detalhes: "Sua história será ouvida, amigo. Seus companheiros virão libertá-lo".

Loro dorme um dia inteiro; as drogas que lhe ministram são poderosas. Consente em receber o jornalista, irá contar sua história na guerrilha. O homem entra na sala com jaleco branco, diz que se disfarça de médico, dá uma última espiada no corredor e, na volta, tira um bloco de notas do bolso, senta-se ao seu lado. Loro, com um resquício de preocupação, pergunta seu nome.

— Manuel Ribas. Mas aqui, com esse disfarce, me chamam de dr. González — ri, riem ambos. Loro aperta sua mão. Fala por quase cinco horas, esforça-se para lembrar os detalhes, os nomes de cada guerrilheiro. Só para tomado de exaustão.

— Sabe quando me tiram daqui? Não aguento mais essa cama — ainda pode dizer.

— Em breve —responde dr. González.

Na madrugada é conduzido até o pátio do hospital militar e, segundo os soldados, anda como um sonâmbulo, desamarrado e servil. Continua dopado, tomou droga em doses abissais, sobe num helicóptero que movimenta as pás num barulho violento e alça voo. Distanciam-se da cidade, agora o solo é tão opaco quanto a noite fechada. Sobrevoam a mata. Não podemos saber se tem consciência de onde o estão levando, se sonha com o vento no rosto ou que está voando. Mas a descarga de adrenalina deve tê-lo reanimado nos instantes finais, quando, empurrado do helicóptero no meio da noite, deixa de sentir o apoio dos pés e o corpo se projeta em queda livre na escuridão. Então pode ter aberto os olhos e gritado, aterrorizado com as árvores que o aguardam como se estendessem os braços.

* * *

No início de maio, o general Barrientos vem a público para anunciar que dois estrangeiros dessa "intentona comunista", um francês e um argentino, foram mortos pelo "valoroso exército boliviano" ao tentar reagir à prisão. "Ameaçados pelos tiros, nossos bravos soldados fizeram seu dever", lê de um papel, e desce do palanque acenando para os jornalistas, sem no entanto responder a suas perguntas. Danton, nessa mesma noite, toma botinadas dos interrogadores bolivianos, prendem-lhe a mão numa morsa, simulam seu afogamento. Ao ser abandonado na cela, gemendo com dedos fraturados, é um condenado à morte. Ao acordar, será um homem salvo. Pois o jornal *La Presencia*, em sua edição matinal, estampa na primeira página uma imagem do fotógrafo amador Hugo Delgadillo no momento da captura de Danton, Bustos e Roth em Muyupampa. A imagem mostra os homens de roupas sujas, mãos atadas, caminhando com os rostos curvados, e deixa claro que, naquelas circunstâncias, não teriam como resistir à prisão. Se o governo anunciar suas mortes, declara o jornal, é sinal de que foram executados friamente. O comunicado de Barrientos, que a essa altura foi amplamente divulgado pelas agências internacionais, é desmentido pelo governo. Na França, intelectuais de esquerda iniciam um movimento para exigir a libertação imediata de Danton e dos demais prisioneiros, e que seu julgamento seja feito de forma justa por uma corte internacional.

Mais quinze dias se passam e o prisioneiro perde a noção do tempo. Lembra-se das tardes que "se expandiam indefinidamente, enquanto eu observava, deitado no catre, as nuvens que cruzavam a janela estreita". Não tem notícias de Bustos nem de Roth, presos em celas próximas. Quando abrem mais uma vez as grades e ordenam que os acompanhe, acredita que aquele será outro dia de tortura. Segue os dois soldados através de um descampado onde cadetes se exercitam, atravessa uma quadra poliesportiva de cimento e adentra uma construção térrea — Danton conhece bem o caminho — até uma sala de aula com carteiras empilhadas no fundo.

Mas estranha ao sentar-se de frente para a mesa com três oficiais já conhecidos e perceber que, além deles, há mais duas figuras, homens de macacão cáqui sem insígnias.

— Ah, nosso pederasta chegou — e os três oficiais riem.

O militar que fez a piada, em vez de vestir luvas de couro, ir até o prisioneiro e lhe aplicar um tapa, pega um maço de folhas e ajeita os óculos de leitura. Danton ainda espera pelo espancamento; está preparado para repetir mais uma vez a história de que estava na Bolívia para entrevistar o líder guerrilheiro, que nunca se envolveu com nenhum movimento armado. Mas o oficial inicia um relato cadenciado, enquanto os homens de cáqui observavam suas reações.

— O senhor estava na Bolívia a pedido do governo de Fidel Castro; fazia um levantamento da melhor região para a guerrilha. O senhor se uniu à guerrilha em março de 1967, acompanhado de Tania, uma agente infiltrada em La Paz, Ciro Bustos e um brasileiro de codinome João Batista. O senhor foi à selva juntamente com Mario Monje e conversou com Che Guevara (sim, porque sabemos que é ele quem lidera as operações) sobre uma guerrilha de dimensões continentais. Continuo?

Um dos homens de cáqui está de braços cruzados e parece sorrir. "Puseram-se a narrar dia após dia e com uma riqueza de detalhes nossos feitos e gestos durante a permanência na guerrilha", escreverá Danton décadas mais tarde. "Conheciam os guerrilheiros um por um, seus pseudônimos e hierarquias. [...] Eu caía das nuvens." Dirá que Bustos foi o delator. Para alguns biógrafos, está comprovado que o argentino, com algum pendor artístico, esboçou o rosto de cada guerrilheiro e desenhou um mapa rudimentar do acampamento. Mas provavelmente não fez mais que isso. Até hoje, recusa-se a tocar no assunto. Nunca mais se envolveu com movimento político ou revolucionário e vive atualmente em exílio na Suécia.

Che, na selva, não consegue mais encontrar o grupo de Joaquín e o esforço da marcha o debilita. Depois de passarem dois dias sem comer, a vanguarda aparece com um porquinho tomado à força de um índio. A Guevara, dizem que encontraram o animal perdido na mata, e não é possível saber até que ponto ele acredita na história. Acampados no quintal de um certo Chico Otero, a quem pagaram por temperos e batatas para acompanhar a carne, fazem um banquete que se prolonga até o início da noite. Na manhã seguinte, o comandante é quem mais sofre. "Dia de arrotos, peidos, vômitos e diarreias; um verdadeiro concerto de órgãos", escreve ele. "Permanecemos numa imobilidade absoluta." Deitados, acompanham a passagem dos aviões que "atacam ferozmente as supostas posições guerrilheiras" a dois ou três quilômetros dali.

Três dias depois, ele parece ser o único a sofrer ainda do estômago. Recusa os restos de carne salgada e numa marcha por uma quebrada íngreme sente dores e náuseas; num trecho especialmente pedregoso, "parou onde estava e caiu para trás, puxado pelo peso da mochila", escreve Pacho. "Estava já muito mal, na noite anterior tinha nos dado sua porção de comida." Transportam-no ainda desacordado numa rede. "Quando despertei, estava mais aliviado, mas cagado como uma criança de colo." Faz esforço para se levantar, mexe as pernas, suspira, um bafo quente sobe da rede. "*Carajo*, que cheiro de merda... deve dar para sentir a uma légua daqui", e os homens ao redor pensam talvez em sorrir, mas, cautelosos, mantêm-se em silêncio; preferem não lidar com seu limitado senso de humor. Não há água para se limpar, ele usa uma faca para remover das coxas os maiores volumes de merda. Ñato oferece sua muda limpa de roupa e o comandante as aceita sem agradecer, veste-as sobre as placas secas de excremento.

Tentam voltar ao Ñancahuazú à procura do grupo de Joaquín. A separação, programada para três ou quatro dias, está perto de completar um mês. Che reclama que não os encontra mais porque se moveram, não poderiam, suas ordens haviam sido claras. A sós, no entanto, passa horas debruçado nos mapas e não parece muito certo dos próprios caminhos. João Batista se lembra de que em nenhum momento o comandante esboça preocupação com Tania, claramente a menos preparada do grupo. "Ela não tinha condições físicas adequadas para a selva, precisava de nossa ajuda", dirá o brasileiro. Nesse período ela de fato não ia bem. O grupo de Joaquín deixou o ponto de encontro no final da primeira semana, assustado com a movimentação do exército. Marcos, burocrata do alto escalão cubano, quer o comando, o sindicalista Moisés não obedece a ninguém, Tania continua histérica e os homens a tratam com desprezo. Ela cai no meio da trilha, chorando, é escorada por dois rapazes: Serapio, o manquitola, e o boliviano Pedro. Marcos ameaça deixá-la para trás da próxima vez. "Ela tinha o hábito de escrever todas as coisas horríveis que falavam dela numa agenda de bolso e dizia que iria contar tudo ao Che assim que o encontrasse", relata o refugado Paco em posterior interrogatório aos agentes da CIA. "Discutia sempre, dizendo que tinha se sacrificado muito mais pela revolução do que eles, e as brigas invariavelmente terminavam com Tania em lágrimas, escrevendo na agendinha."

Alejandro, que em Cuba era vice-ministro da Economia, está combalido pela malária. Acusa a agente de ter roubado sua comida quando mais precisava "e por isso não tinha melhorado como deveria". "Os homens a culpavam por todas as mazelas", escreve o biógrafo Daniel James. Serapio e Pedro tentam ajudá-la, mas, "como não tinham poder de fato naquele grupo, a alemã naturalmente os desprezava". Deitados ao redor do fogo, Marcos e Braulio, seu seguidor fiel, dizem que irão "pegá-la de jeito" quando estiver dormindo. Ela se ergue em lágrimas e procura se mostrar superior a esses homens imundos. Chama-os de ignorantes e selvagens.

— Vocês nunca viajaram como eu, vocês mal sabem ler e escrever, vocês... — chora, os cubanos riem. "Ela se vangloriava dos conhecimentos superiores sobre o mundo, da boa comida e dos hotéis que tinha conhecido — uma existência sofisticada da qual eles nada sabiam", escreve James. Mãos tremendo, pega a agendinha. Está anotando e suspirando quando Marcos dá um tapa em suas mãos. O caderno voa longe, os cubanos gargalham.

— Vou contar tudo ao Che, tudo — ancas para cima, rastejando atrás da caneta.

— Não vai contar nada, vaca — grita de volta Marcos.

Durante as noites, ele e Braulio "ficavam totalmente nus e faziam danças obscenas para atormentá-la. Normalmente a assustavam a ponto de sair correndo do local, soluçando histericamente". O depoimento de Paco não deixa claro se houve algo além de piadas e provocações. Boliviano do refugo, era desprezado pelos cubanos e pouco sabia do que se passava entre eles. Mas acha que sim. "Joaquín e ela sumiram por algumas vezes na mata", lembra-se.

O grupo aos poucos se desfaz, sem disparar um único tiro. Marcham somente à noite, desorganizados e ruidosos; entocam-se durante o dia. Com medo de serem delatados, mantêm-se à distância dos camponeses e roubam alimentos na surdina. Pepe, outro do refugo, é o primeiro a desertar e, esfomeado, bate de porta em porta atrás de comida no vilarejo de Ití. É preso por uma patrulha do exército em 24 de maio, mas a notícia de sua captura nunca chegará aos ouvidos dos agentes da CIA. É questionado por um certo Roberto Quintanilla, funcionário do Ministério do Interior de passagem pelo local. Homem de pouco método, chuta o prisioneiro, faz perguntas vagas, chuta novamente. Pepe talvez conte tudo o que sabe, mas nas mãos desse burocrata as informações têm pouco ou nenhum valor. Quintanilla perde a paciência e quebra seus braços, prendendo-os, com a ajuda dos carcereiros assustados, entre cadeiras e a parede. Às quatro da tarde, porque gritava demais, é executado com um tiro na têmpora. Segundo os autos militares, o interrogatório é "breve e sem grandes confissões do prisioneiro, que na primeira oportunidade agiu de forma aviltante e procurou fugir, ameaçando os mantenedores da ordem, que precisaram revidar em legítima defesa".

Na selva, os homens de Joaquín saem por conta própria, com cada vez mais frequência, em busca de alimentos que quase nunca dividem com os demais. No começo de junho, Marcos e o boliviano Víctor, depois de buscas infrutíferas, se distanciam mais do que deveriam, chegando quase a Ticucha. Roubam duas galinhas numa fazendola que julgam deserta e, no caminho de volta, depois de perderem algumas horas sem encontrar a trilha, são emboscados por índios que saem da mata, sorrateiros, armados com facas e mosquetões enferrujados. Não sabemos se a intenção inicial dos camponeses, que os seguiam desde o roubo, era matá-los, mas a primeira reação de Marcos, dirão mais tarde, é jogar a galinha ensanguentada ao chão e puxar a alça do rifle que levava no ombro — uma esfera de chumbo se aloja acima de seu olho direito, derrubando-o; seu ajudante é atingido no tórax e morrerá a caminho do posto médico em Ticucha. Agora são catorze no grupo de Joaquín.

9.

Che e seus rapazes atravessam o rio Grande num tempo chuvoso. O frio de junho chegou com força e quando param, roupas úmidas, tremem de frio. A passagem é lenta, construíram uma balsa que comporta apenas três guerrilheiros e se agita sobre a água lamacenta inchada pelas chuvas. Talvez Che sinta falta de Marcos, homem teimoso mas bom construtor, que nesse momento é exumado num necrotério em Ticucha. Pombo, que não sai do lado do comandante, repara em sua respiração entrecortada, "como se lhe faltasse ar", e vê que usa a intervalos curtos a bombinha contra asma. Está magro, barbudo "como são Lázaro". Cada vez mais impaciente com a demora, convoca Benigno e outros da vanguarda, chama também Pombo, ordena que subam rio acima, em busca de algum povoado, e arrumem uma canoa. "Peçam, roubem, façam o que for preciso, porque aqui não me aguento." Meia hora depois, está parado na beira do rio, prestes a entrar na balsa, hesita com os pés na água. Já entregou a mochila aos jovens Willy e Arturo, acomodados entre as toras amarradas entre si. Ouve, então, os tiros. "Segundo todos os indícios, os nossos caminhavam sem precauções e foram vistos; os guardas iniciaram o tiroteio habitual e Pombo e Coco se puseram a disparar a esmo, alertando-os", escreve no diário. Volta correndo para a mata, curvado, enquanto a balsa se afasta. Willy e Arturo se puseram de pé sobre as toras, tentam puxar um fuzil espetado na bagagem, a embarcação dá uma guinada nas ondas e vira do avesso. Duas cabecinhas despontam na água, braços se agitando. Che, ocupado em localizar de onde vêm os tiros, demora a ver a tragédia: a balsa à deriva, os homens com água pelo pescoço, lutando contra a corrente e mergulhando atrás das mochilas. Uma delas é a sua.

— *Carajo, hombres*, as mochilas! — grita, ainda hesitante em deixar o abrigo das árvores. — As mochilas!

Corre finalmente até a margem, *putamadre, putamadre putamadre*, Willy sai da água arrastando atrás de si um saco negro cheio de lama. Che se curva sobre a mochila, vasculha nos bolsos, abre o zíper, tira as roupas de dentro, procura algo, perguntam o que é, *a bombinha, porra, a bombinha*. Willy está ao seu lado sorridente, à espera de um agradecimento. O comandante se ergue, já com a respiração pior.

— Boliviano de merda — e puxa o ar. — Comedor de merda do caralho. — Sem a bombinha, sabe que terá problemas. Passa o resto do dia recluso, sem falar com os rapazes. Eles não entendem que importância pode ter tal bombinha, "que só expele ar comprimido", e é Urbano quem tem a coragem de perguntar, nessa mesma noite, quando o comandante se mostra um pouco mais receptivo.

— Mas a asma não é um problema psíquico?

Che sorri amargamente.

— É, é um problema psíquico. Por isso eu usava a bombinha: se jogá-la fora ou perdê-la, como é psíquica, a asma piora.

— Ah...

Na madrugada, ondas o engolem para um fundo negro de oceano. Acorda com a respiração curta. "Sonhei com o dia em que, criança, sofri de asma pela primeira vez", escreve. Passa, em seguida, a analisar a situação boliviana. "O interessante é a convulsão política do país, a fabulosa quantidade de pactos e contrapactos que há no ambiente. Poucas vezes se viu tão claramente a possibilidade de catalisação da guerrilha."

Depois de se reagruparem, os trinta homens retomam a marcha, margeiam o rio Grande, caem no Rosita. Sem contato com os camponeses e incapazes de caçar, alimentam-se do que resta do farelo de milho. Agora estão sujeitos ao que encontram pela frente. João Batista comenta a infeliz experiência de comer grama, "me sentia como os cavalos, cuspia verde". Benigno recolhe raízes, faz um "caldo que amarra nossa boca, mal conseguimos falar", escreve Pacho. "Hoje *El Burgués* [o brasileiro] cagou as tripas; fará bem ao seu caráter", diz Che, com o humor grosseiro que lhe é peculiar. Em 20 de junho, o comandante exerce o cargo de "tiradentes" em um pequeno povoado, extraindo molares de camponeses assustados. A ação está registrada em negativos embolorados, apagados pelo tempo. Aquele que julgamos ser João Batista segura um paciente de chapéu-coco enquanto Che, barbudo e de boné, estende os braços com um instrumento grande demais para ser manejado com uma só mão. Curiosos ao fundo completam a imagem. No rolo há ainda o que se considera a única fotografia frontal do brasileiro. Está sentado num toco, a céu aberto, fuzil M-1 na mão direita, coronha apoiada na coxa, criança no colo. Tem cabelos encaracolados, negros de sujeira, que escapam por baixo do boné. Uma imagem sem contrastes, fora de foco.

Três dias mais tarde, Che reclama abertamente da asma e tem de parar a marcha para se recompor. Há pouca reserva de medicamentos e a falta de ar não o deixa mais dormir. Ouve pelo rádio as notícias da greve geral na mineradora Século xx e deitado na rede, muito fraco para prosseguir, acompanha os desdobramentos seguintes. Na reunião clandestina da Federação Sindical, decidem, entre outras coisas, doar um dia de salário aos "bravos guerrilheiros". Mas não sabem para onde mandar o dinheiro. São ameaçados pelo governo e finalmente reprimidos. Na festa de São João, o exército ataca o acampamento improvisado em frente à mineradora e atira livremente, saldo de 87 mortos, mulheres e crianças. Che se revolta, escreve impropérios no diário; na mata, não há muito mais o que fazer. "Incapaz de tentar outra coisa, impossibilitado de se mobilizar para a zona de conflito e entrar em contato com sua organização urbana, impotente para avaliar a importância dos acontecimentos [...] Che acompanha os fatos como um observador externo, por uma rádio argentina", escreve um biógrafo.

No fim da tarde de 26 de junho, são encurralados pelo exército. Ao atravessarem um descampado, são alvejados e se abrigam dos tiros como podem, disparam de volta, os soldados estão bem posicionados e não recuam. Tuma, ao tentar uma corrida entre as balas, é atingido no ventre. Pombo, saltando atrás de um cupinzeiro, também é acertado e cai com a perna ensanguentada. Che não entende o que está acontecendo, não reconhece de onde vêm os tiros, há um guerrilheiro guinchando — é Tuma, saberá mais tarde —, outros gritam. A noite está caindo e ordena a retirada da guerrilha: homens correm pela escuridão sem olhar para trás.

Pombo vem apoiado por Aniceto e seu caso não é grave; a bala raspou os músculos da coxa. A situação de Tuma é outra. Foi amordaçado, para não gritar tanto, e gira os olhos, bate pernas no ar. "Na escuridão, parecia que carregava um rabo. Eram suas entranhas, que tinham escapado da barriga", lembra-se João Batista. Apesar de formado em medicina, Che alega que só "estudou alergias" e não faz nada mais complicado que extrair dentes ("não opero amigos", dirá como defesa). Deixa a cirurgia a cargo de Moro. Mas o médico cubano é um dos que sofreu de fortes diarreias, não se recuperou totalmente, hesita sobre a barriga de Tuma e pede mais luz, não consegue botar os órgãos para dentro. "Seu fígado saía para fora", relata Pombo. A noite está fechada. Guevara segura a lanterna, a luz ziguezagueia pela massa avermelhada e brilhante. Pede enfim que parem tudo, retirem a mordaça de Tuma; ele continua com a boca aberta, congelada na tentativa do último grito. "Com ele se foi um companheiro inseparável dos últimos anos, de uma fidelidade a toda prova e cuja ausência sinto desde já, como se fosse a de um filho", escreve o comandante. Põe o Rolex do guerrilheiro no pulso, ao lado do seu, diz que o entregará pessoalmente ao filho de Tuma assim que voltar a Cuba. No diário, comenta que, para salvar a guerrilha, precisa reatar contatos com a rede urbana (não sabe que ela se desfez) e, apesar de ser impossível recrutar combatentes entre os camponeses, necessita de mais cinquenta a cem homens.

Dorme menos de duas horas por noite, não consegue mais carregar o peso da mochila nem caminhar por longas distâncias. Ainda insiste, tem força de vontade, mas faltam-lhe as pernas. No vilarejo seguinte confiscam uma mula e Che vai montado nela, balançando de um lado para o outro, mãos firmes na crina, enquanto Pombo, mancando à frente, puxa as rédeas. Os homens desconfiam de que sua determinação esteja também fraquejando. Montam tocaia numa curva de estrada, veem passar um caminhão "com dois soldadinhos na caçamba, encolhidos num cobertor, eram tão moços", relata ele, o dedo travado no gatilho, enquanto o caminhão, que poderia transportar armas ou alimentos, some na estradinha de terra.

Na falta de medicamentos e da bombinha, tenta de tudo para amenizar as crises. Toma injeções de endocaína, fuma ervas e tubérculos moídos. Uma mistura em particular lhe dá ânsias e dores de cabeça. Está irascível, grita com os homens por motivo de nada e, se já dormia pouco, passa três dias insone. Dependura-se de uma árvore, pede que Pombo amarre firme suas pernas e ordena: "Agora me bata". Pombo não entende. O comandante, sangue inchando-lhe o rosto, ainda procura ser paciente e explica: pegue o rifle, me bata no peito com vontade, coronha da arma. O negro estende o cano e lhe dá um cutucão. Che grita, mais por desespero que dor; não quer ficar ali como um *idiota* de ponta-cabeça o dia inteiro. Com as veias do rosto grossas como lagartas, berra de novo, que pare de ser uma moça, um veadinho *comemierda*, e bata com força. Pombo consente, toma distância e gira o corpo com o rifle empunhado como um bastão, acerta em cheio a barriga de Guevara, que grunhe, se aperta todo e depois desfalece com os braços pendentes. Gritam por ele, Moro sobe nos galhos para soltá-lo, mas Che não desmaiou, continua irritado, apenas fechou os olhos e puxou o ar para ver se vinha alguma coisa, e nada. Desespera-se. Precisa de efedrina, e esse é o motivo que os leva a planejar a invasão do vilarejo de Samaipata, num entroncamento da estrada entre Santa Cruz e Cochabamba, na tarde de 6 de julho de 1967.

"Saímos cedo rumo a Peña Colorada, cruzando uma zona habitada que nos recebia com terror. No meio da tarde chegamos a Alto de Palermo", escreve Che. João Batista se lembra da caminhada; menciona índios escondidos atrás de janelas, pessoas correndo "como se fôssemos o demônio, ou coisa parecida". Na penumbra, Guevara divide o grupo e dá instruções: "Tomar um veículo, ir a Samaipata, averiguar as condições reinantes [...], fazer compras na farmácia, saquear o hospital, comprar enlatados e voltar". Destaca Papi, seu homem de confiança, no comando de Coco, Pacho, João Batista, Aniceto, Julio e Chino. Partem com o pedido expresso para que desta vez sejam rápidos na apreensão de um veículo.

— *Cabrones*, nada de fazer a mesma merda das outras vezes.

Optam por uma estrada de terra secundária, estreita, postam-se de ambos os lados do capinzal, mas nada acontece. No início da noite, já atrasados para chegar a Samaipata, marcham até a estrada principal, bloqueiam-na com um tronco e não precisam esperar cinco minutos para que apareça uma picape velha vinda de Santa Cruz. São rápidos, gritam, o motorista sai com as mãos para o alto, mas a índia que vinha ao seu lado com uma criança de colo se recusa a descer, fecha as portas e sobe os vidros. Outra caminhonete surge logo atrás. Papi envia Coco e Chino para rendê-la. Ouvem a seguir uma buzina, faróis iluminam a mata, viram-se para o outro lado da estrada a tempo de ver um caminhão carregado de boias-frias se aproximando. Nesse momento, os relatos são discordantes. Segundo alguns, João Batista, aparentemente muito nervoso, teria colado a arma no vidro, mirando a cabeça da índia, e gritado para que saísse. Outros dizem que apenas urrou e tentou chacoalhar a picape. No interrogatório, ele não fará menção ao incidente, mas seu ato é o estopim para mais violência: Julio e Aniceto, surdos às ordens de Papi, erguem o motorista, sentado na beira da estrada, e o arrastam até a frente do veículo. Observados por um público calado e iluminados pelos faróis como num palco, atiram-no ao chão e pisam, chutam, esmagam seus ossos; teria sido morto se a índia não optasse, finalmente, por sair.

Quando sobem na picape, Coco assume a direção pálido, as mãos tremem. Ele não vê os buracos na estrada e passa por cima de pedras, os homens sentados atrás se agarram na caçamba para não cair. Papi, ao seu lado, pede que se acalme, ele balança a cabeça, mas é como se não o ouvisse. Entram em Samaipata pela estrada principal, Coco passa acelerado pelas ruas, erra uma curva e amassa o para-choque numa árvore de esquina. Engata a marcha, canta os pneus e segue adiante. Andam mais dois quarteirões e freiam bruscamente; João Batista, que vai ao lado de Papi, abaixa o vidro e pergunta a um transeunte o caminho até a praça principal. Voltam a arrancar. Atingem a praça deserta, já é tarde, Coco sobe com a roda na guia ao estacionar e descem todos ao mesmo tempo com os rifles em punho. Pelas luzes, julgava ter parado em frente a uma farmácia, mas aquela é a chefatura de polícia. Papi o chama de burro e divide o grupo em dois. Pacho, Julio e Chino são despachados atrás de uma farmácia, que a essa hora certamente estará fechada. Ele, Coco, João Batista e Aniceto invadem o posto policial gritando, chutam a porta que dá para uma antessala e um soldadinho, que ouvia seu rádio a pilhas, suspira e desmaia. Na sala principal, quatro jovens que jogavam cartas permanecem congelados na mesa, olhando aqueles barbudos malcheirosos. Um quinto, que dormia num catre, ergue-se confuso e Coco acerta sua têmpora com o cano do fuzil. Revistam o cômodo, um quarto adjacente, a cela vazia. Aniceto sai por uma porta dos fundos, some no breu da noite e na volta afirma não ter encontrado nada no quintalzinho, que serve de horta, nem na edícula pregada ao muro. Exigem que os soldados retirem as roupas; Aniceto e Coco brigam pelo coturno lustroso que um deles usava. No armário de munições, João Batista encontra cinco máuseres e uma submetralhadora.

Do lado oposto da praça, Pacho, Julio e Chino têm dificuldades para arrombar a farmácia — nunca fizeram coisa parecida. Arrebentam a coronha de um rifle contra a maçaneta e Julio luxa o ombro ao tentar derrubar a porta com o corpo. Estouram os vidros de uma janelinha lateral, os dois primeiros se lançam para dentro. O peruano Chino reclama que não consegue enxergar no escuro e se corta nos cacos ao atravessá-la por último. Não encontram um interruptor; estão loucos de pressa e resolvem seguir assim mesmo. O peruano tem as mãos sangrando e escorregadias, vai revistar pacotes e derruba uma estante de medicamentos, cai por cima dela, perde os óculos, é aí que não vê realmente nada. Tateia ofegante no breu enquanto Pacho, que tirou do bolso uma listinha de compras, procura decifrar a letra miúda de Che pela tênue luz que vaza através da janela. O primeiro item diz *todo o estoque que tiverem de efedrina*, e naquele maldito garrancho apertado Pacho lê *efeduno*. Pergunta aos outros, "o que é *efeduno, carajo?*", mas Chino e Julio não o ouvem, estão enchendo uma mochila com o que encontram nas prateleiras. Não é muita coisa, mas faz volume. Pacho volta à listinha, e onde está *cortisona* lê *cortirouo*. "*Cortirouo?*", pergunta. Chino e Julio vasculham rapidamente a caixa registradora, enfiam trocados nos bolsos e os três voltam à janela. Cachorros latem; Chino, que evita se apoiar com as mãos sangrando, desta vez retalha os antebraços. Atiram as mochilas nas costas e atravessam a praça correndo.

Na chefatura de polícia, os quatro soldados estão de cueca, punhos atados; o quinto continua derramado no chão. O oficial de plantão, um certo tenente Vacaflor, que participava da jogatina, chora baixinho, diz que tem mulher e filhas, que não o matem. Um deles sussurra que o garoto desmaiado na entrada tem problemas cardíacos, Papi ordena que se cale. De onde estão podem ver que Aniceto, curioso, cutuca o corpo com a ponta do rifle. Coco experimenta o coturno, caminha pela sala de olho nos pés. João Batista foi para o quintal, está ajoelhado na horta, puxa talos na escuridão atrás de algo comestível. "Lembro-me da fome, da fome terrível", dirá ele. Ouve então um barulho vindo de trás. Ao que tudo indica, Aniceto não vasculhou a edícula, como havia afirmado, e não encontrou o soldado que se escondia no banheiro. Papi contará, nessa mesma noite, que estavam na sala e não viram João Batista se afastar na escuridão. "Escutamos uma porta batendo ou algo assim, gritos e depois os tiros." O brasileiro aparece lívido na soleira. Papi e Coco saem para a horta, encontram um rapaz arfante, as mãos sobre a barriga, tentando conter o sangue que escorre entre os dedos. "Eu não daria nem mais uma hora de vida para aquele pobre coitado", dirá Papi. João Batista, mais uma vez, silencia sobre o ocorrido.

Decidem partir rapidamente, levando os quatro soldados seminus consigo. O saque à farmácia, os tiros, os cachorros, a cidade está desperta, as luzes das janelas se acendem enquanto os guerrilheiros sobem na picape. No caminho de volta, deixarão os soldadinhos, lábios roxos de frio, a um quilômetro do vilarejo.

Nessa mesma noite Guevara é informado por Papi dos detalhes e suspeita que os desdobramentos não serão necessariamente positivos. "A ação se realizou na frente de todo o povoado e de uma multidão de viajantes, de maneira que deverá se espalhar como pólvora." A notícia de que João Batista matou um soldado se dissemina pela guerrilha; alguns o parabenizam, apesar de sua recusa em confirmar a morte. Che não lhe dá atenção; está abrindo as mochilas trazidas da farmácia, com os homens ao redor. Ele se agachou e no brilho da fogueira vai tirando os itens. Pomadas contra picada de insetos, contra varizes, para queimaduras. Cremes hidratantes, peles secas, oleosas. Colírios, xaropes contra tosse, contra queda capilar, tonificantes. Sua respiração volta a ficar entrecortada; a cada produto que retira da mochila, puxa o ar com mais dificuldade. Pílulas contra enjoo, enxaqueca, má digestão. Mercurocromo, laxante em pó.

— *Carajo*... o que eu tinha pedido? Os remédios que eu tinha pedido? — espalha os frascos pela terra, a asma piora a cada palavra. Chino tenta argumentar, havia muitos soldados, muitos tiros, "não, os remédios que eu pedi", repete ele em pé cambaleante, acham que vai sufocar e cair para trás, mas não, chuta com fúria as caixinhas. "Fuzilar", sussurra, "eu devia fuzilar", e some para seu canto mais reservado. No diário apenas indica que, "na questão dos abastecimentos, a ação foi um fracasso; Chino foi na conversa de Pacho e Julio e não comprou nada que prestasse".

Como previsto, a história do ataque se espalha; o jornal *La Notícia* estampa, em primeira página, que são comandados por um general vietcongue, especialista "nas técnicas de guerrilha na selva, tendo atuado contra os norte-americanos". Um retrato falado, ainda que rudimentar, traz uma cópia fiel do rosto de Chino. O comando militar, pressionado, promete uma ação eficaz na caça aos comunistas. Se eram perseguidos pela Quarta Divisão, de Camiri, depois do incidente passarão também a ser acossados pela Oitava Divisão, baseada em Santa Cruz.

A guerrilha percorre uma região árida, marcha para encontrar água, saquear alguma plantação, alimentar-se por pelo menos mais um dia. A asma piora e na caminhada há momentos em que Guevara precisa ser escorado por Pacho e Pombo. "Hoje tomei xarope para tosse; minha asma é a mesma, mas passei a manhã toda com um gosto ruim na boca", escreve ele. "Tomei várias injeções com uma solução de adrenalina a 1/900, preparada para colírio", relata no dia seguinte. Pelo rádio, ouve notícias esparsas do início do julgamento de Danton e Bustos. "Fizeram uma confissão sobre o propósito intercontinental da guerrilha, coisa que não deveriam ter dito." Fica também a par da saída negociada da greve de mineiros na Século XX; depois do massacre, tiveram de aceitar os termos propostos pelo governo, no que constitui "uma derrota total dos trabalhadores". Em 12 de julho, parados há um dia no mesmo lugar, segundo Pacho por "total falta de condições do comandante", ouvem sobre um combate em Iquira, "com um morto de nossa parte, cujo cadáver levaram a Lagunillas. A euforia sobre o morto indica que há algo de verdade no caso".

É a única notícia acerca do grupo de Joaquín, que, perseguido por trinta horas por dois destacamentos do exército, acabou encurralado nos pés de uma encosta. Serapio, o manquitola, ficou para trás e terminou estraçalhado pelas balas; seu corpo é o exibido em Lagunillas.

Joaquín e seus remanescentes continuam em fuga. Abrigam-se na casa de um certo Zoilo Uzeda, homem encarquilhado que lhes traz um pouco de água e farinha de milho, que disputam de maneira feroz — os mais fracos, como Tania, ficam apenas com a água. Violentos e pouco sociáveis, usam as coronhas como macetes. O sindicalista Moisés é o único que ainda ampara a agente alemã, mas faz três dias que sofre de diarreia e jaz deitado num canto, como morto. Tania sonha acordada, os olhos nunca se fecham e às vezes, como se possuída, salta gritando e se arrasta na terra, fugindo de perseguidores imaginários.

Na madrugada, Zoilo deixa furtivamente o casebre. Pela manhã, estão cercados, mas conseguem escapar ainda uma vez. Chingolo e Eusebio, bolivianos do refugo, finalmente desertam e são capturados dois dias depois, ao norte de Monteagudo. Interrogados pelo exército, darão informações valiosas sobre o desmembramento da guerrilha.

10.

No final de julho, Che faz meia-volta e acampa às margens do Rosita, num longo caminho de volta ao Ñancahuazú. Arruinado pela asma, mantém uma última esperança de regressar ao acampamento inicial e procurar por medicamentos escondidos em covas ainda não descobertas pelo exército. Retomam a marcha na madrugada do dia 27, João Batista tem as gengivas em sangue, os joelhos por vezes não respondem; Pacho sofre de diarreia. Perto das onze da manhã, têm o primeiro atrito com a Oitava Divisão. A Companhia Trinidad, comandada pelo capitão Rico Toro, os avista subindo uma elevação descoberta na Quebrada Corralones, perto do rio Morocos. "Meu coração gelou nesse momento; pensei em meus filhos e no destino que eu poderia selar para o futuro da pátria", dirá o capitão décadas mais tarde, em depoimento a um livreto comemorativo do Exército. Posicionam os morteiros enferrujados da Segunda Guerra e disparam a esmo, com falta de prática e má pontaria. Um destacamento liderado pelo subtenente Eduardo Galindo Grandchandt contorna por oeste e corta a rota de fuga dos guerrilheiros. Encontram-se frente a frente; os disparos matam o guia Armando Cortez Espíndola e decepam dois dedos de um soldado. Os guerrilheiros fogem pela encosta, descendo em direção ao Morocos. A Companhia Trinidad demora para persegui-los, perde contato, põe-se novamente no encalço. Já a Quarta Divisão se aproxima pelo sul, margeando o mesmo rio. Três dias mais tarde, os guerrilheiros estão no meio do caminho entre as divisões; conseguiram alguma comida numa fazendola e roubaram uma mula e um cavalo — branco e de porte altivo, que Guevara, encantado, tomou para si. Creem estar a salvo de ameaças e Pombo escreve que "finalmente reina um ar de tranquilidade, pois estávamos exaustos". São avistados por uma índia que mora perto e, ao cair da tarde, essa mesma mulher cruza com a Companhia Trinidad. Fala do grupo que viu acampado no Morocos, mas se confunde com os números, relata ter visto sessenta homens em roupas militares. O capitão, que desistiu de seguir a trilha dos guerrilheiros, assume ser a Quarta Divisão. No meio da madrugada, envia o destacamento do subtenente José Rivera Sundt para estabelecer o primeiro contato.

Às quatro da manhã do dia seguinte os soldados encontram, na escuridão da selva, o brilho de uma fogueira no outro lado do rio. Discutem se há algum risco; Rivera Sundt decide que não. "Erroneamente, [...] ele considera que a fogueira só pode ter sido feita pelas tropas com que deveria estabelecer contato; dessa forma, sem esperar o amanhecer nem se assegurar da identidade de quem estava ali, põe-se à frente de sua gente e cruza o rio com a ajuda de uma lanterna", escreve o general Prado Salmón em seu livro de memórias. Os guerrilheiros dormem. Moro, no turno de vigia, enrolado num cobertor, se sobressalta ao avistar um facho amarelado no rio, alguns metros abaixo da elevação em que estão. Talvez cochilasse, só os vê se aproximarem tarde demais, já saíram do rio, espremem a barra das fardas, sussurram entre si. Posteriormente, Moro irá afirmar que não dormia, que engatilhou o fuzil com todo o cuidado, antes de gritar.

— *Oiga, quién es?*

— *Destacamento Trinidad* — responde Rivera, uma voz de soprano que se ergue sobre os ruídos da mata.

Moro dispara, uma, duas, três vezes. Che insone pula da rede, os demais acordam confusos. O clarão dos disparos os cega, não sabem onde estão os soldados, que se lançaram contra o barranco e retornam os tiros em posição defensiva. Os guerrilheiros León e Miguel atrelam os animais e preparam a retirada.

Não conseguem organizar a fuga a tempo. No início da manhã chega a Companhia Trinidad, que se posiciona na margem oposta do rio. Rico Toro envia as seções Monzón e Galindo em um ataque pelos flancos. Ele mesmo lidera um arriscado assalto frontal, atravessando o curso do rio com água pela cintura, brandindo o rifle como um sabre. Che desloca sete homens, comandados por Benigno e Papi, para as linhas de defesa, enquanto organiza pessoalmente a retirada, xingando os bolivianos pelo atraso. Monta no cavalo branco entre as árvores, o dia amanhece e ele rodopia como uma figura heroica, puxa as rédeas e empina. Alguns tiros passam mais perto e o animal se assusta, empina de novo, estão num aclive de terra, ele se desequilibra e desaba com o comandante. Pombo, Miguel e Coco correm para protegê-lo, postam-se entre ele e as linhas inimigas que já sobem a encosta, pressionando os guerrilheiros mata adentro. Recuam, encontram novamente o Morocos, que faz uma curva ao redor do terreno elevado, e iniciam a travessia. "Já eram cerca de seis da manhã e ainda se perdia tempo", escreve Che. "O resultado final foi que nos últimos cruzamentos estávamos sob fogo dos soldadinhos que haviam se tornado valentes."

Che envia Urbano, Ñato, León, Miguel e Julio ao combate, a maioria não disparou um tiro sequer até o momento, mas ele não tem tempo de lhes dar instruções. Minutos depois, é obrigado a mandar mais homens para a frente. Chama Coco, Eustaquio e João Batista. O sol está alto, o comandante atravessou o rio como pôde, largando quase tudo para trás, e agora é a vez da linha de defesa, que tem de cruzá-lo à vista do inimigo. Nesse trecho, a profundidade não passa de um metro, mas a correnteza é forte. Papi está quase no final da travessia, erguendo os joelhos bem alto sobre a água, quando toma o tiro. Pacho grita para João Batista e Arturo, Papi vai sendo levado pela correnteza, puxam-no pelos braços; as balas varrem de novo a água e Pacho é arremessado de bruços. Raul, que passa correndo por eles, é atingido na nuca, crânio esfacelado.

Os guerrilheiros continuam a fugir pela mata. Às três da tarde não ouvem mais os tiros e Che ordena que parem. Desabam no chão, ele desdobra mapas rasgados, não faz ideia de onde foram parar. Pacho, ferido, vem montado na mula. Ao animal atrelaram uma esteira, e nela amarraram Papi. Arturo, seu irmão mais novo, diz que tudo vai ficar bem, mas o corpo, em resposta, treme como uma máquina velha. "Pacho tem uma ferida superficial que lhe atravessa as nádegas e a pele dos testículos", escreve Guevara, "mas Papi estava em estado muito grave e o último plasma havia se perdido na mochila de Willy. Morreu às dez da noite e o enterramos perto do rio, em um lugar bem oculto, para que os soldados não o localizem." Perderam onze mochilas e Che deixou para trás um livro de Trótski e outro de Régis Debray, anotado nas margens; "um belo material de propaganda para Barrientos". Lamenta a morte de "extraordinário combatente e um velho companheiro de aventuras". Agora, diz ele, "somos 23, com dois feridos, Pacho e Pombo, e eu, com a asma a todo vapor".

Apesar dos reveses, ganham notoriedade. Na Argentina, o general Onganía fecha as fronteiras com a Bolívia, e o Peru reforça a vigilância de seus postos. Em La Paz, os partidos de esquerda, a um passo da ilegalidade, se reúnem para discutir uma possível ajuda à guerrilha. Numa reunião de oito horas, marcada por insultos e discordâncias, uma declaração de Mario Monje se tornará famosa: "Che não sairá vivo daqui. Todo o grupo será exterminado. Cometeram o pior dos erros". Ao final, não terão nem ao menos um manifesto para assinar. "Não podíamos ter representado um papel pior", dirá Loyola Guzmán.

Che ainda não se encontrou nos mapas. À noite, no intervalo de uma marcha forçada, faz um longo discurso em celebração ao dia da independência boliviana. Na noite seguinte, mais um discurso, sobre o aniversário da guerrilha. Se é otimista com os homens, no diário é amargo. "Hoje se completam nove meses exatos da constituição da guerrilha, com nossa chegada. Dos seis primeiros homens, dois estão mortos, um desaparecido e dois feridos. Eu, com uma asma que não sei como cortar."

Passa sem dormir; na madrugada, não tem forças para a marcha. Segue como que hipnotizado, montado na mula esquálida que derrapa de fome e cansaço. É como se ele sonhasse. Sacode de um lado para o outro, olhar perdido à frente. Às nove da manhã, o animal finalmente empaca. O comandante recobra lentamente os sentidos, pisca e parece reconhecer os homens ao redor. Puxa as rédeas uma, duas vezes. Dá-se conta de que a mula não sai do lugar. Gesticula, estapeia seu pescoço, mas ela continua empacada. Golpeia o ventre com os pés, chama a mulinha de *comemierda*, açoita suas ancas. Agora acordou totalmente e o rosto é púrpura, respiração entrecortada. Saca o facão que leva preso à mochila e, num grito rouco, enterra a lâmina enferrujada no animal, que empina e o atira para trás. Ele cai de costas no chão, mas o pé esquerdo continua preso ao estribo improvisado e, quando a mula dispara, saltando pedras e espinheiros, o arrasta consigo. Os guerrilheiros gritam, alguns levam as mãos à boca horrorizados. Quando o alcançam, está estirado no chão e a mula, alguns metros adiante, tombou numa piscina de sangue e tenta se arrastar com as patas da frente. Pombo lhe dá um tiro de misericórdia, erra o ponto vital, dá mais um, dois, três e o animal relincha.

Che é carregado numa maca. Em momentos de lucidez conversa com o boliviano Inti, que se tornou o segundo no comando. Estão cada vez mais próximos do ponto onde iniciaram a guerrilha. Pelo rádio, à noite, ouvem que mais um homem de Joaquín foi abatido, a leste de Taperillas.

À noite, delira. João Batista, que está ao seu lado, lembra que "balançava a cabeça, suando, dizia nomes incompreensíveis". Moro lhe dá uma injeção do pouco que resta de morfina. No dia 13 de agosto, recobra a consciência e, instado pelos homens, concorda em enviar uma patrulha até o acampamento no Ñancahuazú em busca do estoque de medicamentos contra a asma. Um biógrafo, décadas mais tarde, criticará a decisão. "A movimentação mais prudente teria sido para longe de sua antiga base de operações, mas a saúde deteriorante de Che o forçou a se mover em direção à maior força do inimigo, violando uma lei cardeal da guerra de guerrilhas."

Benigno, Ñato e Julio partem de madrugada; a missão de ida e volta deve durar no mínimo três dias, mas, nessa mesma noite, Guevara ouve o boletim de uma estação local e se exaspera. "Dia negro", escreve ele. "Tivemos notícias da tomada da cova para onde iam os enviados, com indícios tão precisos que não é possível duvidar. Agora estou condenado a padecer de asma por um tempo indefinido. Também descobriram documentos de todo tipo, além de fotografias. É o golpe mais duro que nos deram até agora; alguém falou, mas quem? É uma incógnita."

Os três homens não conseguem nem se aproximar do acampamento, com receio de atiçar os cães farejadores. Montam tocaia por alguns dias; não são capazes de caçar nada e se alimentam de raízes. Na volta, perdem-se na mata durante catorze dias e, quando finalmente reencontram os demais, o cenário que veem é desolador. Quase todos estão doentes e alguns bolivianos com hematomas e cortes, "possíveis sinais de brigas que ninguém quis apartar", escreve Benigno. Camba perdeu um pedaço da orelha e quer abandonar a guerrilha; Chapaco comenta que é um covarde, "mas ele mesmo espera poder sair dentro de seis meses a um ano, quando forem vitoriosos". Entre os enfermos, Moro é o mais grave. Benigno o encontra atirado num canto, coberto por uma lona. "Afastei o tecido para dizer-lhe bom-dia e tentei levantá-lo em meus braços. Ele não conseguia nem se erguer; é o que vai pior no grupo."

Voltam a marchar em busca de alimentos. "Chapaco, Eustaquio e Chino estão desmoronando pela falta de água", anota o comandante. "Miguel e Darío tomaram a própria urina, e Chino acabou fazendo o mesmo, com resultados nefastos de diarreias e cãibras." No final do segundo dia, descobrem um pequeno campo de cana-de-açúcar, "muito parecido com aqueles que, em Cuba, crescem na margem de rios", escreve Benigno.

— Você vê essas canas? — diz ele a Che. — No final do caule, há sempre um pouco de água.

"Enquanto cortávamos os pés, ele e outros *compas* usavam um moedor de milho e esmagavam os caules. Conseguiram tirar cerca de meio litro, o que não é nada para 23 homens que não bebem uma gota há quatro dias." Che balança o cantil no ar, em dúvida sobre o que fazer. Inti sugere que apenas o comandante e os cinco mais valorosos bebam; Antonio, ao fundo, o chama de veado e trocam insultos. Chino e Miguel imploram que o argentino lhes dê mais que aos outros, estão intoxicados e precisam melhorar. Alguns ameaçam se bater, outros se empurram. Guevara sobe num montículo entre a cana derrubada; é na adversidade que parece ganhar controle da situação.

— *Comemierdas* de *mierda*, quem mandou vocês tomarem mijo? Suas bichonas.

Observando que os homens se calaram, prossegue. "Se vocês tivessem apenas um pão para cinquenta guerrilheiros, quem vocês escolheriam para alimentar?" Alguns opinam, mas ele não os ouve. Ergue o braço e toma novo fôlego. "Os mais valiosos para a guerrilha? Os mais debilitados? Pois digo a vocês: eu repartiria o pão em cinquenta pequenos pedaços. Assim todos veriam que são respeitados da mesma forma e retirariam mais força de seus âmagos para combater o inimigo."

Pede uma colher. Ordena, em seguida, que Inti disponha os homens em fila. A distribuição se repetirá três vezes. O fundinho do cantil, despeja na terra, na frente de todos. Quer equanimidade. Renovado pelas próprias palavras, lidera a marcha nesse dia.

Em 2 de setembro, encontram uma clareira, uma plantação invadida por mato, com um casebre negro ao fundo. É a terra de Honorato Rojas, camponês com quem cruzaram seis meses antes. Da primeira vez, aquele homem carcomido os ajudou a encontrar uma trilha até o Masicurí. Agora, quem sabe não os apoie na busca pelo grupo desgarrado. Mas não encontram nem Rojas nem sua família em parte alguma. "A casa estava vazia e trancada, como se tivessem partido de viagem", escreve Che. Os homens da vanguarda ultrapassam o casebre e seguem cautelosos por um declive capinado. "Uma centena de metros abaixo, encontramos barracas montadas pelo exército", lembra-se Benigno. "Ficamos em silêncio, a observar e a ouvir, mas nada se movia. Uma fogueira apagada recentemente nos deu a pista de que os soldados estiveram por ali havia pouco tempo." Arrombam a porta do casebre, saqueiam grãos, partem sem esperar a volta do camponês.

Não encontram vestígios mais importantes, algo que possa denunciar a passagem de Joaquín. Porque ele e seus homens, numa curiosa armação do destino, estiveram ali dois dias antes. O casebre, então, ainda era habitado: fumaça escapava pelas frestas, cheiro de milho cozido, e os guerrilheiros, com uma fome que os obrigava a vencer o medo e tentar contato com os camponeses, permaneceram na mata, enquanto Joaquín, Braulio e Alejandro saíram das sombras e bateram palmas, esperaram que Honorato aparecesse. Pela porta, surgiu uma negra que não conheciam, com criança no colo. Perguntaram onde encontrá-lo, ameaçaram derrubar o casebre se não lhes contasse, ela mandou o moleque mais velho, um maltrapilho doente de quem os guerrilheiros vagamente se lembravam, buscar o pai pela trilha.

O menino seguiu correndo por um caminho até o Masicurí e, em vez de encontrar Honorato, cruzou com uma patrulha. Contou, chorando, que estranhos queriam falar com seu pai. Foi levado ao quartel de Lajas, onde o oficial no comando, capitão Mario Vargas Salinas, procurou interrogá-lo. "Fantasiava, queria o pai, mas a figura daqueles homens barbudos era recorrente em suas lembranças." O capitão não dispunha nem de um destacamento completo, mas, avaliando que a rapidez seria fundamental, montou um grupo de 41 homens, incluindo cadetes da escola militar em visita pela região, camponeses e sua equipe de cozinha. Alcançaram as cercanias da casa de Honorato na manhã de 31 de agosto. Batedores passaram as duas horas seguintes à espreita. Mais tarde, "encontraram-se na trilha com uma mulata que dizia viver com Honorato; ela contou que de fato os guerrilheiros tinham passado por lá e obrigaram o marido a ajudá-los", escreve o general Prado Salmón. No final do dia conseguiram falar com o camponês, que, muito assustado, lhes contou o que sabia: os guerrilheiros estavam acampados a quinhentos metros de sua casa. Segundo ele, haviam exigido comida e acabado com todo o seu estoque de farinha. Pediram em seguida ajuda para atravessar o rio Grande. Honorato dissera ser perigoso cruzá-lo à noite, e haviam marcado de fazê-lo no dia seguinte, em um ponto privilegiado que ele conhecia. Pela primeira vez, o exército chegava no momento certo.

Os guerrilheiros cruzariam o rio em um ponto chamado Vado del Yeso, ou Vau de Gesso, assim batizado em função das elevações esbranquiçadas de calcário em ambas as margens, erodidas, formando sulcos e caminhos entre os blocos rachados de terra. Nesse local, o capitão decidiu dispor seus soldados: deitados e atocaiados nas fendas laterais, entre troncos tombados e a mata; no alto do aclive, com visão parcial do trecho de rio; e no lado oposto do leito, por onde os guerrilheiros deveriam passar. Eram 6h30 do dia $1^{\underline{o}}$ de setembro quando terminou de posicioná-los. Ordenou que ficassem congelados e tivessem paciência. Teriam de esperar até o final da tarde, quando finalmente Honorato surgiu conduzindo o grupo de Joaquín. Nas palavras de Prado Salmón, "a tropa de tocaia suportou durante todo o dia o calor e os bichos estoicamente". Quem se mexesse "passaria no fio da espada". Um certo sargento Barba, entocado com mais cinco homens na margem oposta do rio, deitou-se sobre um formigueiro e passou o dia com "dores lancinantes no ventre e nos testículos". Seria posteriormente condecorado por bravura em combate.

Às 17h20, um sentinela avisou o capitão sobre movimentações na outra margem do rio. Quinze minutos depois, Honorato Rojas apareceu, sem olhar para trás, e enfiou-se nas águas. Mais algum tempo escoou; para os soldados, pode ter sido uma eternidade. Enfim, um negro surgiu da mata como um animal que, antes de beber na margem, espreita à procura de predadores. Era Braulio, o batedor, farejando o ar com metralhadora em punho.

Ainda paralisado, livrou a mão direita do gatilho e acenou para trás. Enquanto se adiantava e enfiava os pés na água, era como se as árvores se mexessem e a mata ganhasse vida, mas não, eram homens esverdeados, amarelos, acinzentados; mortos-vivos marchando sem ritmo, olhos vidrados, arrastando-se para a luz da tarde. Não eram mais de dez vultos, todos muito parecidos. Era fácil, no entanto, reconhecer uma mulher entre eles — o rosto liso, o corpo miúdo. O capitão Vargas Salinas ainda esperou para ver se alguém mais surgia, queria todos na mira, só pressionou o gatilho quando o último deles, arrastando outro nos ombros, entrou no rio. O que se passou a seguir foi rápido. Alguns com água nas canelas, outros só com o tronco para fora, impossibilitados de correr ou procurar abrigo, caíram para trás, afundaram na correnteza. Os que ainda tentaram nadar foram alvejados por mais tiros. Uma fuzilaria até que a última bala fosse gasta e ninguém mais despontasse na superfície.

11.

Guevara ouve no rádio da aniquilação, mas se recusa a acreditar. No dia seguinte, nova notícia: José Carrillo (Paco) é o único sobrevivente de um grupo de nove homens e uma mulher emboscados pelo exército. Mentira, comenta com João Batista. Em 7 de setembro, "a estação La Cruz del Sur anuncia a descoberta do cadáver de Tania nas margens do rio Grande", escreve Che. "É uma notícia que não parece ter veracidade." Continuam a marcha, seguindo vagamente os passos finais de Joaquín e seu grupo. Mas não conhecem o traçado do rio Grande e três dias depois, ao tentar cruzá-lo, perdem duas mulas, e o comandante, as botas. De agora em diante, é obrigado a caminhar com sandálias rústicas, feitas de cipó, trapo e pedaços de pneu. A rota que seguem se eleva pelas montanhas e ele registra continuamente no diário as mudanças de altitude. Antonio, que não dorme há seis noites e sofre de alucinações, acredita que as árvores ganharam vida e "gritava como um louco quando lhe amarraram os braços e pernas". Benigno, que fez contato com camponeses sem permissão prévia e, segundo Guevara, denunciou a posição deles ao exército, é considerado "um perigo na tomada de decisões, inapto para o comando da vanguarda". Não satisfeito, num acesso de fúria ainda o chama de "saco de merda", "traidor da causa revolucionária" e "bosta enrustido". "Uma grande fraqueza me tomou", escreve Benigno, "a maior de minha vida e, como não tinha conhecimentos suficientes para discutir com Che, comecei a chorar."

Em 15 de setembro, o comandante ouve que Loyola Guzmán, tesoureira da extinta rede urbana, foi capturada pelo Departamento de Investigação Criminal e, algemada numa saleta do Palácio do Governo em La Paz, esperando a transferência para uma prisão militar, aproveitou-se do descuido do soldado de plantão e se atirou da janela do terceiro andar. Tentativa malograda de suicídio; ao cair em pé, fraturou os ossos até a altura da bacia. "Pelo menos com isso deve ter escapado das torturas", comenta ele.

Ao anoitecer, "um aviãozinho voltou a sobrevoar a zona de forma suspeita". Desliga o rádio, olha ao redor. Os homens mastigam uma parca ração de farinha e água, e o restante de uma carne podre de mula, perfurada de vermes. Moro, apesar de ter recebido o pedaço menos apodrecido, não comeu; está cada vez mais doente, atirado num canto mal iluminado, coberto pela lona. "Precisamos cutucá-lo para saber se está vivo", escreve Pacho. Che volta a se debruçar no diário, traça as primeiras palavras e a caneta falha. "Sinal dos tempos: acabou a tinta."

Na madrugada de 22 de setembro se aproximam de Alto Seco, vilarejo de não mais de cinquenta casas, a 1.900 metros de altitude. O terreno e a vegetação foram mudando conforme subiam e agora o horizonte é lunar, com solo pedregoso coberto por uma areia calcária, fina e esbranquiçada, que gruda em suas roupas como pó de giz. Os arbustos são baixos, de galhos retorcidos e cinzentos. O céu é azul, é branco, a luz do sol parece mais fria. É penoso encontrar água; no caminho, os cachorros latem. Avistam os casebres tremendo no horizonte e silhuetas negras que se deslocam apressadas pelas ruelas. Quando alcançam as primeiras construções, não há mais ninguém. Nas casas onde batem, encontram mulheres, idosos e crianças que os observam como se fossem de outro planeta. Inti pergunta onde estão os homens, ninguém responde; é como se não entendessem aquela língua. São índios do altiplano, diz ele, *cholos* dissimulados que farão o possível para traí-los. Pede permissão ao comandante para realizar "interrogatórios mais eficazes". Che é um esqueleto amparado por Pombo e João Batista, apenas arfa com asma e Inti assume que aqueles sussurros sejam um assentimento. Quando ameaça estapear uma índia, um dos velhos fala: os homens saíram cedo para trabalhar na lavoura, devem voltar no final do dia, e a pessoa mais influente dali é um certo Vidal Osinagas, comerciante. Ele também não está, tudo indica que fugiu ao saber que se aproximavam. Arrombam seu casebre que serve de venda e tomam o que podem: roupas, farinha, óleo, milho, arroz, leite, batatas e carne de porco salgada. Che, recurvado como um idoso, segue os homens no saque e vasculha pares de sapatos jogados num canto; não há nenhum que lhe sirva. Tomam um jumentinho de Osinagas, amarram os mantimentos nos flancos, a mulher do vendeiro chora, diz que têm um filho pequeno para criar e agora estão arruinados. "Mas Inti, que cada vez mais assumia o poder na guerrilha, não lhe deu ouvidos e ameaçou inclusive esbofeteá-la se não parasse com aquilo", lembra-se João Batista.

Reúnem os moradores numa escolinha e Inti discursa sobre a causa revolucionária. As frases saem decoradas, é um autômato que não tira os olhos da parede caiada. Combaterão em todos os lugares, diz, até que o governo seja derrubado. "Falam que somos bandoleiros, mas estamos lutando por vocês, pela classe trabalhadora." As índias o observam com as bocas pendentes, trocam olhares entre si. Um velho atarracado finalmente pergunta se são comunistas e se é verdade que, se vencerem, vão obrigar as pessoas a dividir suas casas com os pobres. Inti diz que não haverá mais pobres na Bolívia, nem propriedade privada. O velho traduz em quéchua e as mulheres se exaltam, fica claro que ele provavelmente corrompeu o discurso ao produzir sua versão. Inti não sabe mais o que dizer, as índias e os velhos resmungam ao mesmo tempo, com dedos acusatórios. Che, que estava sentado numa mesa aos fundos, ergue-se, caminha lentamente até a frente e pela primeira vez se dirige aos bolivianos. "Falou no anonimato e aparentemente não causou fortes impressões", escreve um biógrafo. "Convidou sua audiência a se unir à revolução, mas ninguém aceitou a oferta."

Ao deixarem a escola, um moleque em farrapos se aproxima correndo de Pablo, diz que gostaria de se unir a eles. Pablito é um boliviano de 22 anos do altiplano que entende algo de quéchua. Sem parar de caminhar, olhando para a frente, sussurra ao menino:

— Não seja louco. Estamos fritos e não sabemos como sair daqui.

Miguel, o novo cubano no comando da vanguarda, ordena que cavem trincheiras na entrada do vilarejo e se posicionem à espera dos trabalhadores, mas anoitece e nem sinal de qualquer veículo. Provavelmente a notícia de que estão ali já se espalhou pela região. Inti propõe um interrogatório em massa, está enfurecido com a "deslealdade desses índios", mas Che finalmente pede que se contenha. Quando o comandante não está por perto, o boliviano se diz insatisfeito em como as decisões vêm sendo tomadas.

Partem no dia seguinte e, no meio da tarde, param para descansar sob um laranjal florido, onde Benigno prepara um banquete com o que foi roubado: sopa, porco frito, batatas cozidas e arroz ao leite. Fartam-se com a comida e se deitam na sombra das árvores, repousam até o início da noite e Che "não parou de vomitar, chiando, dizendo que estava mal do fígado". Não pode mais marchar; além das dores estomacais e do cansaço, as sandálias retalharam seus pés. Vai transportado no jumentinho, mãos firmes na crina. Pela manhã atravessam um rancho vazio, denominado Loma Larga. No dia seguinte, estão em Pujito. Não há vivalma por onde passam; não há comida. Os camponeses fugiram e levaram tudo consigo, uma "tática de terra arrasada", escreve Pacho. "A notícia de nossa presença corre com mais rapidez que nosso deslocamento." Querem atingir La Higuera, perto de Pucará, e dali escapar para as proximidades de Santa Cruz. Em 25 de setembro, a um dia de caminhada do destino, avistam o vilarejo de Abra de Picacho. À distância, ouvem alguma música trazida pelo vento, as ruelas parecem movimentadas e decidem se aproximar. Che vai na frente, montado no jumentinho, escoltado por Pombo e João Batista. Os guerrilheiros surgem em seguida, em fila indiana. Alcançam os casebres enfeitados com flores amarelas e vermelhas: os moradores acertam os últimos preparativos para a festa de casamento de um certo Benito Pontes. Folhas de palmeira dispostas pela rua principal formam um tapete vivo sobre o solo arenoso. Guevara e sua montaria passam primeiro, observados pelos camponeses em suas melhores roupas, espremidos de um lado e de outro para lhes dar passagem. Os guerrilheiros aparecem a seguir, desconfortáveis com as cores e a acolhida inesperada. Alguns recebem flores. Caminham até a Plaza de Armas, onde os pais dos noivos os esperam. Che desmonta do jumentinho, pede que prossigam com as festividades; não estão ali para estragar o casamento. É apresentado aos noivos e "parecia se divertir, fazendo um sinal da cruz como se os abençoasse", lembra-se João Batista. Sob as ordens do comandante, depõem as armas e participam da festa. "Dava pena vê-los com aquelas roupas cheias de furos, e o aspecto pobre que tinham", relata um morador. "Um deles fez um discurso, falou de luta, de um reino onde não haveria mais chefes nem grandes proprietários, mas não entendemos nada." As mulheres fazem fila para ver Che Guevara; algumas querem tocá-lo. Segundo o relato pouco confiável de um dos padrinhos, o comandante passou três horas na comemoração, tomou chicha, "mas não quis dançar, porque alegou que estava cansado. Quando ia embora, lhe dissemos que não fosse pelo caminho de La Higuera, e sim pelo morro. Mas parece que desconfiava da gente e se enfiou por baixo, pelo Churo".

Seguindo numa trilha para mulas, entre arbustos espinhosos, atingem o destino na manhã seguinte. São cerca de trinta casebres de pau a pique e teto de palha, aglutinados às margens de uma estrada de terra. A única casa de tijolos pertence a Humberto Hidalgo, telegrafista e pequeno agricultor. "Ao chegar a La Higuera, tudo mudou", escreve Che. "Haviam fugido e só havia uma ou outra mulher." Na casa de Hidalgo, Coco encontra uma mensagem do prefeito de Vallegrande, de alguns dias atrás, alertando que os guerrilheiros estão na região, "destruindo as propriedades, tirando a honra das filhas", e que qualquer notícia sobre seu paradeiro deve ser informada. A esposa do telegrafista, Ninfa Arteaga, ficou para trás a fim de tentar impedir que destruam tudo. Parece não ter medo daqueles homens e pede que não cortem as fiações; se fosse avisar da presença deles, diz ela, já o teria feito, mas Inti não lhe dá ouvidos. Ainda assim, ela se dispõe a lhes preparar o que resta nas prateleiras. Dirá mais tarde aos jornalistas bolivianos que os barbudos estavam fracos e bastante famintos. "Um menino, de nome Willy, era do Beni, como eu, e falou coisas muito bonitas, de como seria se a guerrilha triunfasse." Na cozinha, tem a ajuda de duas outras índias, que apareceram tímidas na soleira com um frango e um pouco de arroz. Estão também ansiosas para ver e tocar Che Guevara.

À uma da tarde, deixam o vilarejo rumo a Jaguey, onde tentarão encontrar um veículo para cruzar aquele terreno árido com mais rapidez. A vanguarda parte primeiro. Miguel e Benigno lideram a marcha, seguidos a vinte passos por Coco, Julio e João Batista, depois por Darío, León, Aniceto e Camba. Conversam pouco; Benigno escreverá mais tarde que Miguel ia ressabiado, olhando muito para os lados. Ele tenta acalmá-lo, diz que não há nada de errado, daria para ver qualquer grupo de soldados que tentasse se aproximar, tamanho seu despreparo. Dão mais alguns passos no descampado. Pedregulhos calcários se despedaçam sob as botas.

Che e os treze remanescentes ficam sentados na soleira das casas em La Higuera e só se levantam quando as silhuetas da vanguarda estão pequenas no horizonte. Nesse meio-tempo, Benigno, que vai um pouco à frente de Miguel, abaixa-se para tirar uma pedra do calçado. Dirá que ouviu arbustos se mexendo na beira da trilha e, segundos depois, um pipocar e zunidos perto de sua cabeça. "Às 13h30, aproximadamente, os disparos no caminho anunciaram que os nossos haviam caído em uma emboscada", escreve Che no final desse dia.

Miguel solta um grunhido rouco e Benigno, que continua ajoelhado, vira o rosto e o vê caindo para trás. Julio é o seguinte e se arrasta no chão com as mãos na barriga, desenhando uma faixa vermelha e viva no caminho. Depois desmorona João Batista, em meio a um borrifo de sangue. As pernas sacodem, ele se contorce e continua na linha de tiro; é acertado mais uma vez. Em seguida Coco cai para a frente, de joelhos. É o único que ainda parece ter salvação, é também o mais próximo, e Benigno se arrasta até ele, agarra-o pelas costas e tenta puxá-lo, mas são varridos por novos disparos. "Coco, que tem a cabeça apoiada em meu ombro, vomita sangue em meu peito", relata mais tarde. Vê León e Camba correndo, mochilas e armas no chão; e, da direção de La Higuera, avista o grupo de Che que se aproxima rapidamente. Tenta falar que não, a emboscada os espera, "mas é como se o grito estivesse preso na garganta". Urbano dá um rodopio ao ser acertado. Na cortina de poeira que se ergue, e entre os homens que avançam, não verão o que aconteceu: os carregadores que Urbano trazia atravessados no peito bloquearam as balas e miraculosamente o salvaram.

Entre os caídos e a névoa branca surge Che, rifle nas mãos, levemente curvado, olhos apertados tentando localizar o inimigo. Só atira quando vê o que se move; continua seguindo em frente, como se tomado pela bravura dos anos passados. A cada disparo, engatilha cuidadosamente o rifle, à procura de novo alvo. Não se assusta com as rajadas, que agora parecem desgovernadas. Ñato, Pombo, Pacho e Inti o seguem e atiram, correm para cima das linhas inimigas. Os *rangers*, entre os arbustos rasteiros, começam a recuar.

Pacho e Ñato puxam Benigno, que parece ser o único ainda vivo. Inti constata que nenhum dos outros se mexe e ordena a retirada. Descem em disparada por um promontório, não param até alcançar a vegetação um pouco mais fechada logo abaixo. Continuam a descida e se entocam num leito pedregoso de rio sazonal. À meia-noite, ainda estão no mesmo lugar, exaustos com os rifles apontados para o caminho de onde vieram. Aparentemente, não foram seguidos pelos *rangers*. Só agora começam a se dar conta do tamanho das perdas e Inti está abalado pela morte de Coco, seu irmão. Pergunta a Benigno como caiu na batalha; o cubano lhe diz que morreu "bravamente, disparando até o último lapso de consciência".

De madrugada reiniciam a marcha, "tratando de encontrar um lugar para subir, coisa que conseguimos às sete da manhã, só que pelo lado contrário do que pretendíamos", escreve Che. Atravessam correndo um terreno a descoberto e se embrenham em um "bosquezinho". Estão cercados. Dois soldados e um camponês passam a poucos metros de encontrá-los. Aniceto, adiantando-se pelo caminho que pensavam em tomar, encontra um casebre "atulhado de soldados". "Esse era o caminho mais fácil para nós e está cortado agora", escreve o comandante. Acompanham à distância os gritos do exército em perseguição a Camba, que se perdeu durante a emboscada. No final desse dia, o diário de Che é duro. "Nossas baixas foram muito grandes desta vez: a perda mais sensível é a de Coco, mas Miguel, Julio e João Batista eram lutadores magníficos e o valor humano dos três é imponderável."

Inti não teve tempo, ou não tentou ver se o brasileiro respirava; quando os soldados saíram detrás dos arbustos e cercaram os corpos, constataram que João Batista ainda vivia e o levaram consigo de volta a La Higuera. O major Miguel Ayoroa, no comando da emboscada, comunicou-se pelo rádio com seu superior, o subtenente Eduardo Galindo Grandchandt, e recebeu a ordem de transladar o prisioneiro para o hospital militar de Vallegrande. Não sabemos ao certo da gravidade de seus ferimentos. Assim que volta a ficar consciente, é levado de cadeira de rodas, ainda sedado, a uma sala vazia do ambulatório, onde o esperam Félix Rodríguez, o dr. González e possivelmente o coronel linha-dura Andrés Selich. Se o boliviano não participou desde o início do questionamento, é certo que esteve na sala em momentos decisivos e foi o responsável pela violência. No início do interrogatório, o jovem de 22 anos tenta desafiá-los, recusa-se a falar. Quer um representante brasileiro ao seu lado e apanha pela primeira vez. Quando se recompõe, parece mais cooperativo; entre uma e outra resposta, reclama de dores na perna esquerda. Pela transcrição, há um momento, ainda nesse primeiro dia, em que parece ser atendido por uma equipe médica. Depois, apanha novamente. No segundo dia, há um longo monólogo de Félix, em que conta que também é um estrangeiro, precisou fugir de Cuba, fala dos bens confiscados da família e o que já conhecemos. O brasileiro não diz nada. Félix comenta que, se ele os ajudar, podem negociar sua extradição ao Brasil, ou mesmo para os Estados Unidos, no anonimato. "Uma das coisas que descobri em minha carreira é que a arte da entrevista, ou questionamento, não é nem um pouco fácil", escreve Félix em sua autobiografia. "É mais próxima da psicoterapia do que do tribunal." Algumas frases são sussurradas e se perdem na gravação. Ao recomeçar a falar, João Batista transforma o interrogatório em uma narrativa coerente, de valor inestimável.

Interrompem a seção no final da madrugada e a retomam na tarde seguinte. Quando o brasileiro profere as últimas palavras, o sol está prestes a se erguer. É 1º de outubro de 1967, um domingo. Não sabemos se o acordo proposto pelos agentes da CIA é realmente cumprido. Eles deixam Vallegrande nesse mesmo dia para acompanhar o cerco a Guevara. O brasileiro é mantido no hospital militar, Selich permanece com ele. Não nos é mais garantido o acesso. Aqui, as cortinas se fecham.

Os fatos, não se pode mais distorcê-los, e é difícil seguir os momentos finais da tragédia. Em 8 de outubro de 1967, veem a noite sem estrelas se transformar em penumbra acinzentada, e a manhã despontar opaca. Estão encurralados, tornaram-se parte da paisagem, imóveis como lagartos e os membros dormentes. Têm medo de ser detectados na primeira luz do dia e, sob orientação do comandante, cobriram relógios, fivelas e canos com pasta de terra e saliva, alguns misturaram urina à poeira calcária. Benigno enfiou o relógio no bolso, pois "não suportava mais o barulho dos ponteiros". O ombro, ferido na emboscada, está supurado e o impede de dormir. Na noite anterior, encontraram um último frasco de penicilina; Benigno reclamou que tinha medo de injeções, "mas que injeções, *compa*?", perguntou Che. Tudo o que pôde fazer foi esfregar a droga sobre a capa de pus. Da última vez em que ligaram o rádio, ouviram que a captura era iminente. Sentiam-se como se toda a Bolívia soubesse onde estavam, menos eles. Esperando talvez pelo pior, Guevara guardou no bolso da calça um carregador para sua Walter PPK com apenas duas balas; disse a Benigno que não seria capturado vivo. "Sou um homem prevenido", explicou-se. "Para o caso de a primeira falhar." Escreveu à família um pequeno poema, onde falava de sacrifício à revolução com a "mais linda bala desta pistola que sempre me acompanha".

Estão há doze dias sem lutar, desviando-se de patrulhas e camponeses, evitando os casebres com medo de que os cães os denunciem. A última pessoa com quem cruzaram foi uma velha carcomida puxando dois cabritos. Não parava de sorrir e, mesmo aparentando cegueira, fixava os olhos baços em Guevara. Para os bolivianos, sinal de mau presságio. Deixaram que ela seguisse caminho e agora se arrependem, suspeitam que tenha falado com o exército.

Ainda imóveis, colados ao chão, ouvem soldados que passam a poucos metros dali. Por volta das onze da manhã o comandante decide que não é mais possível ficar parado, à espera que o cerco se estreite. Mesmo com o dia claro, ordena que Ñato e Aniceto avancem colina acima, quer uma vista geral da região, que descubram um caminho para fora daquela quebrada. Benigno dirá que Ñato, até ali um dos bolivianos mais determinados, parece hesitar antes de finalmente se decidir. Ele e Aniceto se põem de quatro, engatinham nos primeiros metros, levantam-se e seguem curvados pela elevação rochosa. Podem ouvir cada vez melhor o que os soldados dizem, sabem que estão logo depois da subida. Aniceto, poucos metros à frente, parece curioso, ergue o rosto, quer vê-los e talvez entender o que dizem.

Os guerrilheiros assistem a tudo, alguns acenam para que o boliviano abaixe a cabeça. Benigno dirá mais tarde que se lembra do exato momento em que Aniceto ficou visível aos militares. Só que não são soldados comuns; são *rangers* treinados por Pappy Shelton e já perceberam que são vigiados. Enquanto alguns riem alto, outro engatilha o fuzil com o menor barulho possível. Quando se vira para disparar, o alvo está aparente. A cabeça de Aniceto explode com as balas e Ñato, logo atrás, é encoberto por miolos.

Os *rangers* sobem a ravina, há novo tiroteio; disparos de morteiro caem perto de onde estão, pedras pelos ares e tímpanos estourados. Pombo, Inti e Darío sobem a encosta atirando, somem pelo aclive e uma nova investida dos soldados corta a ligação entre eles e o resto do grupo. Chapaco, Moro, Pablo e Eustaquio recuam pelo vale sem dar um tiro. Che some por um caminho à direita e não vê quem o segue; disparos e gritos, tudo se mistura na poeira, é a guerra que lhe é tão conhecida. Ele ofega com o rifle armado e vê tarde demais que entre as pedras há movimento — ouve os estalos secos e cai com violência no chão, como se as pernas tivessem travado, mas é a rajada de balas que o atingiu. Grita de dor, leva a mão à panturrilha direita. Puxa o fuzil M-1, mira nas rochas, aperta o gatilho mas está emperrado, uma das balas acertou a culatra e sua arma não serve para mais nada. Alguém o ergue do chão e pede que tenha força, é Willy, um moleque que nunca foi muito de sua confiança. Descem abraçados por uma senda em busca de proteção, passos incertos e mudanças de rumo como se fossem dois bêbados. A asma piora a cada momento. Ouvem novos tiros, Willy tenta correr, vão quicando pelo terreno árido e finalmente desabam.

Levantam-se, o comandante manca. Continuam a se deslocar para longe dos disparos. Em algum momento da fuga, Che livra-se discretamente do carregador com as balas que reservou para si. Talvez a morte nesse momento lhe pareça absurda, e o suicídio, uma piada de mau gosto. Talvez não esperasse encontrar, na quebrada seguinte, três soldadinhos entocados entre as pedras, a comida esfriando sobre a fogueira apagada. Pulam na mesma hora, engatilham os rifles e gritam que parem ou morrerão, as mãos tremem. Willy estaca com o fuzil num braço e Che no outro. Pesa as opções, deixa a arma cair e grita de volta.

— Não atirem, *carajo*! É o Che! Não atirem, *carajo*!

O comandante desmonta no chão, arfante. Diz a um deles que sim, é o Che e vale muito mais vivo do que morto. Um dos soldados avisa pelo rádio que capturaram dois fugitivos.

Gary Prado Salmón, na época capitão, coordenando as operações em um posto avançado entre Jaguey e Churo, é o primeiro a chegar. São cerca de três da tarde. Vem acompanhado de oito *rangers*, com medo de um ataque surpresa. Constata que, definitivamente, aquele homem em retalhos não é "ninguém menos que o próprio Che Guevara".

— Quem é você? — pergunta primeiro ao outro, um garoto ainda, com penugem no lugar de barba.

— Eu me chamo Willy.

— E você?

— Sou Che Guevara.

— Não. É um chupador de pintos.

No livro publicado anos mais tarde, descreve o argentino como um homem "de olhar impressionante, olhos claros, cabeleira quase ruiva". Traja os restos de uma roupa cáqui e abrigo de náilon azul-marinho, aberto no peito magro e esverdeado. O capitão afasta-se alguns metros e, num transmissor da Segunda Guerra, informa ao comando que capturaram Guevara. A mensagem é recebida pelo subtenente Totty Aguilera, numa base montada em La Higuera.

A notícia corre com rapidez. O subtenente Aguilera, codinome "Lince", entra em contato com "Saturno", codinome de Zenteno Anaya, comandante da Oitava Divisão, estacionada em Vallegrande.

— Saturno, temos *papá*.

Estática; falha de transmissão. Novas tentativas, uma resposta.

— Saturno a Lince, por favor confirmem a informação.

Breve pausa. Novo e lento contato com o capitão Prado Salmón, no campo de batalha. Xingamentos; confirmação de dados; retransmissão.

— Temos *papá*.

O combate prossegue. Antonio e Arturo, entocados numa gruta, são desmembrados por uma granada. Pacho luta até o fim e, depois do último tiro, é morto pelos soldados que o cercam. Chino se rende e sai com os braços para cima de um buraco entre as pedras; perdeu os óculos e tem o ar aparvalhado. É fuzilado ali mesmo. Pombo, Inti, Darío e Ñato furam o cerco e se reencontram no final da tarde com Benigno e Urbano. Cada um acreditava que Che estava com o outro, e a constatação de que talvez tenha sido capturado os enche de angústia. Decidirão que é loucura tentar resgatá-lo. É loucura, também, procurar os demais. Entre os seis não há doentes nem feridos — Benigno, apesar do ombro, desloca-se com rapidez — e creem que é melhor continuar assim. No diário, o cubano é precipitado ao concluir que os outros "tinham sido provavelmente capturados ou mortos e não havia nada que pudéssemos fazer". Na madrugada seguinte, estão novamente na mata, numa guinada a oeste, rumo à fronteira com o Chile. Quase todos chegarão vivos ao país vizinho, numa jornada de fome e loucura que renderia um livro. Os que ficam para trás serão caçados e mortos.

O dia 9 de outubro começa nublado e o sol só aparece com força no meio da manhã. *Rangers* regressam a La Higuera. Pelo caminho ouviram boatos de que a guerra havia acabado. Atravessam a ruela principal, observados por índias carrancudas apoiadas nas janelas dos casebres. No fim do percurso, a estradinha de terra avança por uma elevação nua. No platô há uma construção de dois cômodos, telhas irregulares e portas empenadas, uma escolinha. Está cercada por dois círculos de soldados armados. Depois do último perímetro de segurança, há um grupo de mulheres que veio ver Che. Algumas carregam velas acesas e rezam em silêncio. Uma professora de 23 anos chamada Julia Cortez conseguiu permissão na madrugada para levar sopa ao prisioneiro. Diz que ele estava num canto e, apesar da escuridão quase total, podia ver seu rosto, como se fosse banhado por uma tênue luz. Repetirá a história mil vezes, e a memória, eficaz em amaciar as arestas, irá aperfeiçoar gradativamente o relato. Seus olhos eram penetrantes e ela dirá que não pôde sustentá-los; ele perguntou como conseguia dar aulas em situação tão precária; ela quis saber se era casado. "Estava sereno, mas era como se soubesse o que iria lhe acontecer."

De um lado da escolinha, há um helicóptero com o piloto fumando apoiado na carlinga. Alguns metros adiante, uma fileira de cinco corpos estendidos no chão, azulados e sem as botas, alguns deformados por tiros e estilhaços. Os *rangers* que acabaram de chegar veem que retiraram as duas mesas das salas e as colocaram a céu aberto, próximas à entrada principal. Uma delas é ocupada por um operador de rádio, com fone de ouvido acoplado a um radiotransmissor. Gira o dial e faz anotações curvado. Na outra está um homem de traje cáqui sem insígnias, fotografando o que parece ser uma pilha de cadernos. Atrás dele, abrigado do sol sob o telhadinho da escola, o próprio coronel Zenteno Anaya fuma um cigarro em companhia de Andrés Selich e do tenente-coronel Miguel Ayoroa, que coordenou as tropas em La Higuera.

Os *rangers* encostam-se à margem de uma figueira e conversam com outros soldados. Ficam sabendo que Che está num dos cômodos; no outro, um boliviano que se recusou a dar o nome e a que chamam apenas de Willy. Estão em frangalhos e "têm cheiro de mendigos".

Os prisioneiros foram trancados na escolinha às 19h30 do dia anterior. A mochila de Che continha doze filmes fotográficos; vinte mapas remendados, rabiscados com lápis de cor; dois livros sobre socialismo; um rádio portátil, com pacote de pilhas; uma pistola; uma bolsa com dólares e pesos bolivianos; duas pequenas cadernetas com códigos; um caderno verde, de poemas; duas agendas com o diário; dois cadernos com anotações de mensagens recebidas; um cachimbo. Como o argentino reclamava de dores, deram-lhe uma aspirina.

O coronel Selich, o subtenente Totty Aguilera e o tenente-coronel Ayoroa foram os primeiros a tentar interrogá-lo. Como não falava nada, Selich puxou-o pela barba e lhe aplicou um ou dois tapas. Che, com as mãos atadas, não mostrou reação. Às nove da noite, o telegrafista Humberto Hidalgo apareceu na escolinha com uma mensagem do comando de Vallegrande, onde se lia que Che não deveria ser questionado — ou seja, espancado — até a manhã seguinte. Selich, talvez insatisfeito com a notícia, confiscou os dois relógios que o argentino trazia no pulso e seu cachimbo, e depois jantou na casa do telegrafista. Aguilera ainda quis conversar com Guevara, mas, segundo ele, não conseguiu passar de algumas frases curtas, sem sentido.

Às onze da noite, um certo Carlos Pérez Rodríguez, sargento do pelotão de guarda, agarrou Che pelos cabelos e cuspiu-lhe na cara. Disse que retribuía pelos bolivianos mortos em combate. Guevara teria cuspido de volta e por conta disso foi lançado ao chão com pontapés e socos. O sargento foi finalmente contido por dois subalternos que temiam ser descobertos e punidos. Mais tarde, nessa mesma noite, um enfermeiro limpou-lhe a panturrilha ferida e Ninfa Arteaga, mulher do telegrafista, entrou na sala para vê-lo uma última vez.

Agora, Félix Rodríguez termina de fotografar os cadernos, é perto de meio-dia. Fica sabendo pelos soldados que as mulheres andam perguntando se Guevara já foi assassinado; há cerca de uma hora, as rádios locais dão a notícia de que morreu em combate.

Minutos mais tarde, o radiotelegrafista na mesa ao lado recebe uma mensagem em código. Levanta-se, caminha apressado até a escolinha e a entrega ao coronel Zenteno Anaya. O papel é passado de mão em mão entre os oficiais e, contra a vontade de Selich, também a Félix. O agente cubano lê, no meio da folha amassada, um garrancho com os números 500 e 600. Pergunta a Zenteno o que significam. Quinhentos quer dizer Guevara, diz ele; seiscentos, que deve ser morto. Em sua autobiografia, Félix sustenta que nesse momento perguntou ao coronel se não havia chance de levar o prisioneiro ao Panamá, sob custódia do governo norte-americano; vale mais vivo do que morto. "É preciso dançar conforme a música", diz o militar.

O piloto do helicóptero aciona os motores e as pás começam a girar num estrondo que abafa outros sons, espalha as folhas do operador de rádio. Os oficiais chamam o tenente-coronel Ayoroa de canto, passam instruções movimentando os braços; não se pode entender o que dizem. Ele meneia a cabeça, trocam uma breve saudação militar e os coronéis se dirigem curvados ao helicóptero. Voltarão a Vallegrande com a notícia de que Che foi executado. Miguel Ayoroa é um índio baixo e troncudo, de pouca conversa. Está com as mãos na cintura e, quando o helicóptero se afasta, parece reclamar num sussurro. Félix se aproxima, sorri. Entendeu o que se passou e comenta que não será uma tarefa simples. O militar concorda, esboça também um sorriso e caminham juntos à escolinha.

Dezessete soldados, voluntários por falta de nome melhor, são escolhidos a esmo pelo tenente-coronel e dispostos em linha. Homens desmotivados, que não souberam fugir quando o oficial pousou o olhar sobre eles. Agora é preciso selecionar os dois que farão o trabalho. Félix está ao seu lado, comenta de um, meneia a cabeça, aponta para outro, Ayoroa concorda. Bernardino Huanca e Mario Terán dão um passo à frente. Estão da cor da escolinha caiada; Terán, mais gordo, sua em profusão. Huanca é magro e comprido, e assim como estão, um ao lado do outro, parecem figuras de uma comédia. Os dispensados saem dali com as pernas fracas, alguns conseguem sorrir. Terán e Huanca continuam na posição de sentido enquanto Félix conversa com Ayoroa, gesticula, o boliviano assente. Atravessam a linha de sentinelas e, escoltados por um soldado armado, entram na escola.

Lá dentro, precisam acostumar os olhos à escuridão. Uma mosca passa zunindo, sentem o cheiro de merda e suor. Ouvem os chiados de alguém entocado num canto da sala, prendendo a respiração para não delatar a asma. Aos poucos distinguem as formas de um banquinho encostado na parede, o chão de terra batida; ao fundo, o branco dos olhos esbugalhados do prisioneiro curvado que os observa. Veem o clarão dos punhos magros que instintivamente protegem o peito. A visão se acostuma mais e percebem que os braços cruzados estão na verdade atados, assim como os pés descalços. "O sobrevivente de um naufrágio", dirá Félix. Ele se agacha a não mais de um metro, pergunta como vão as coisas, o prisioneiro ainda arfa, mudo, e na escuridão parece que força um sorriso. O cubano se ergue e pede ao soldado que desatem seus pés. O militar consulta Ayoroa, que consente. "Não havia risco em soltá-lo", dirá mais tarde. "Estava muito fraco e sem nossa ajuda não conseguiria nem se levantar."

O tenente-coronel deixa a saleta, grita para alguém do lado de fora e reaparece com mais um soldado. O agente cubano volta a se aproximar do prisioneiro e pergunta se ele não se importaria em ir um pouco para o lado de fora. "O dia está lindo, meu comandante." Os soldados erguem-no pelos ombros, ele grunhe com o rosto pendente, encoberto por uma cabeleira pegajosa. Escancaram a porta, Che tenta levar os punhos atados ao rosto mas não pode erguê-los, aperta os olhos e é conduzido para fora como um cego. Os sentinelas mais próximos dão um passo para trás. À distância, as mulheres o chamam e se acotovelam para ver melhor. Ayoroa vai até uma das mesas e volta com uma máquina fotográfica. Ele a entrega a Félix, que toma alguns passos, regula o foco, espera que o tenente-coronel, ao lado de Che, alise a farda apressadamente, ajeite o chapéu de campanha. Cruza hesitante os braços, depois enfia as mãos nos bolsos, no final decide deixá-los pendentes. O cubano leva a máquina aos olhos, acerta o enquadramento, fala "olha o passarinho" e um dos soldados ri. Che fita o chão, esboça uma risada de pouca paciência, não ergue os olhos enquanto Félix aciona uma, duas, três vezes o obturador. Ao serem reveladas, as fotos mostrarão apenas borrões cinzentos; o agente da CIA a desregulou intencionalmente, quer que as últimas fotos de Guevara vivo sejam tiradas apenas com ele ao seu lado.

Devolve-lhe a câmera, Ayoroa agradece timidamente e a guarda com delicadeza, como se fosse um tesouro. O cubano pega em seguida sua Pentax, acerta a entrada de luz, o foco, e a entrega ao militar. Pede que não mexa em mais nada, está toda regulada, e se coloca à direita do prisioneiro. Infla o peito numa posição solene e diz que está pronto. Apesar das recomendações em contrário, Ayoroa gira o foco antes de bater as fotos — sairão levemente embaçadas. Mostram Rodríguez rechonchudo ao lado de um homem pequeno com olhos turbados.

Os dois soldados levam o prisioneiro de volta à escolinha. Ayoroa e Félix conversam do lado de fora, o boliviano lhe dá um tapinha nas costas e pede que não se atrase. O agente da CIA volta à saleta, desta vez sozinho. Abre a porta, adentra a escuridão. Che está deitado com as pernas estendidas e os soldados terminam de amarrá-lo.

— Comandante...

As formas vão despontando na penumbra; Félix vê que o argentino ergueu o rosto e o encara. Puxa o banquinho, senta-se em frente ao prisioneiro e aponta às mãos atadas. "Há quantas horas você está assim?", pergunta. Pede que os soldados o soltem. Eles retrucam, hesitantes, que não podem fazer nada sem as ordens de um oficial boliviano. O agente dá de ombros, sorri. Comenta que a vida é assim, com altos e baixos.

— Comandante... finalmente nos encontramos pessoalmente...

É capaz que tenha ensaiado o que pretende dizer nesse momento: uma discussão sobre pátria e idealismo, seguida de um abraço amigável e talvez a despedida honrosa. Menciona algo assim em sua autobiografia, mas preferimos nos ater aos relatos tardios dos soldados que os observam.

A luz que escapa pelas frestas revela os detalhes cinzentos. Félix entrelaça os dedos, fita o prisioneiro antes de começar. Diz que nasceu em Cuba, pergunta se Guevara já esteve em Sancti Spiritus. "Belas terras. Meus pais tinham uma plantação de cana-de-açúcar, muitos empregados. Cresci com eles, uma infância feliz, sem fazer mal a ninguém." Fala como a família foi ultrajada e expulsa; da morte do pai e a juventude amarga; do casamento nos Estados Unidos. Olha o relógio. Diz que ainda pode salvá-lo, mandá-lo para fora dali, mas ele precisa responder a algumas perguntas. Faz um breve silêncio e a sala é preenchida de chiado asmático. Conta do envolvimento na luta clandestina, dos seus ideais de liberdade. Olha mais uma vez o relógio, o tempo acabou.

— Comandante, preciso que o senhor fale algo.

Guevara grunhe; não se pode saber ao certo o que disse, mas Félix parece ter entendido. Surpreso, endireita as costas, como se pego desprevenido. Vai responder, mas no quarto ao lado ouvem a porta ser aberta com violência. Fitam a parede de pau a pique que divide as saletas; passos abafados e alguém ordena que Willy se levante, xinga, há baques confusos e finalmente dois estrondos que os deixam temporariamente surdos. A penumbra agora é mais tênue, pode-se ver que o rosto de Che perdeu todo o sangue, ele ainda encara a parede como se visse os miolos de Willy espalhados pelas reentrâncias. Respira com mais rapidez e retorce os punhos numa tentativa de soltar-se. Félix o observa, como se não houvesse mais nada ao redor. "Cabeça-dura de merda", murmura o agente cubano entre dentes. Um dos soldados dirá que Guevara parecia louco e olhava para os lados como se fossem matá-lo naquele momento; o outro está certo de que o prisioneiro encarou Félix de volta e talvez sorrisse. Ouvem um segundo grunhido, desta vez inteligível: Che o chamando de *comemierda*. O cubano joga o banquinho de lado ao se levantar e avança com as mãos em garra.

— Eu quebro você como um graveto — fala, e talvez o tivesse feito se um dos soldados não houvesse se postado com o rifle entre eles. O outro grita que pare ou vai atirar, alguém bate do lado de fora, é provavelmente Ayoroa. Félix dá dois passos para trás; Che continua largado no chão e lívido, olha para os soldadinhos, o cano dos fuzis, a parede, a porta, seus pulsos atados, faz mais força para soltar-se, puxa o ar e engasga, bufa com o esforço, o corpo treme e cai de lado. Alguém bate de novo à porta e Félix parece sair de um estado de transe; avalia os soldados nervosos que lhe barram o caminho, sacode negativamente a cabeça, vira-se e escancara a porta. Cegado pela luz do dia, esbarra no tenente-coronel ao sair, protege os olhos com a mão e não para, atravessa as linhas de defesa, passa perto das mulheres — algumas choram, outras dirão que nessa mesma noite veem a imagem de um homem barbudo e de peito nu montado num cavalo em pelo. Ainda descendo acelerado pela trilha, ultrapassa Bernardino Huanca, o executor de Willy, que desce mais lentamente, arrastando os pés. Félix aproxima-se de um grupo de *rangers* e lá está Mario Terán, o candidato que irá disparar em Guevara: está no meio do círculo, de boca pendente; acabou de constatar que chegou sua vez. Dá uma última golada na cerveja trazida pela mulher do telegrafista, ergue a garrafa até a altura da cabeça e a atira com força no chão. A garrafa repica, rola intacta pelo caminho até as raízes de uma árvore. Mario Terán xinga, enxuga os lábios na manga, procura com os olhos a espingarda calibre doze. O silêncio é um zunido. Félix Rodríguez continua a descer e observa o relógio. É uma e dez da tarde.

ESTA OBRA FOI COMPOSTA EM ELECTRA PELO ESTÚDIO O.L.M. E IMPRESSA
EM OFSETE PELA RR DONNELLEY SOBRE PAPEL PÓLEN SOFT DA SUZANO
PAPEL E CELULOSE PARA A EDITORA SCHWARCZ EM OUTUBRO DE 2010